Diogenes Taschenbuch 21238

de
te
be

Georges Simenon

Maigret im Haus des Richters

Roman

Deutsch von Liselotte Julius

Diogenes

Titel der Originalausgabe:
›La maison du juge‹

Die deutsche Erstausgabe erschien 1984
im Diogenes Verlag
Umschlagzeichnung von
Hans Höfliger

80/91/8/2
ISBN 3 257 21238 0

Inhalt

I

Die Frau des Zöllners

»Sechsundfünfzig, siebenundfünfzig, achtundfünfzig...«, zählte Maigret.

Dabei wollte er gar nicht zählen. Es ging ganz mechanisch. Er fühlte eine Leere im Kopf, und seine Lider waren schwer.

»Einundsechzig, zweiundsechzig...«

Er warf einen kurzen Blick hinaus. Die Fensterscheiben des Café Français waren bis auf halbe Höhe mattiert. Über dem Mattglas sah man nur kahle Bäume auf dem Platz und Regen, ewigen Regen.

»Dreiundachtzig, vierundachtzig...«

Er stand mit seinem Billardstock in der Hand da, von allen Seiten des Cafés konnte er sich im Spiegel sehen.

Und Le Flem, der Wirt, setzte seine Serie fort, ohne den Mund aufzutun, betont lässig, als wäre das ganz natürlich. Er wechselte von einer Seite des Spieltisches auf die andere, beugte sich vor, richtete sich wieder auf, verfolgte die Kugeln geistesabwesend.

»Hundertzweiundzwanzig, hundertdreiundzwanzig...«

Es war ein großer Saal. Am Fenster nähte eine Kellnerin mittleren Alters. Sonst war niemand da. Nur sie drei! Am Ofen saß noch eine Katze.

Erst drei Uhr! Und erst der 13. Januar! Maigret sah

die Ziffer auf einem großen Wandkalender hinter der Kasse. So ging das nun schon seit drei Monaten!...

Er hatte sich bei niemandem beklagt. Nicht einmal Madame Maigret wußte, weshalb er in Ungnade gefallen war und sie ihn als Hauptkommissar nach Luçon versetzt hatten. Das waren die Schattenseiten seines Berufes, die gingen keinen was an.

Auch sie, Madame Maigret, war hier – in einer Mietwohnung über dem Geschäft eines Klavierhändlers, und es hatte bereits Reibereien mit der Hausbesitzerin gegeben, weil... ach, egal!

»Bis wieviel Punkte gehen wir?« fragte Le Flem, um zu wissen, wann er aufhören mußte.

»Bis hundertfünfzig.«

Maigret zog ganz langsam an seiner Pfeife. Mach schon! Hundertsiebenundvierzig, hundertachtundvierzig, hundertneunundvierzig, hundertfünfzig! Die Kugeln auf dem Billardtisch blieben stehen, die weißen waren häßlich gelb, die rote unappetitlich rosa. Sie stellten die Stöcke in den Ständer zurück. Le Flem trat an den Tresen und zapfte zwei kleine Bier, von denen er mit einem Holzmesser den Schaum abstrich.

»Zum Wohl...«

Was hätten sie auch sonst sagen sollen?

»Es regnet immer noch...«

Maigret zog den Mantel an, setzte die Melone sehr tief in die Stirn, und wenige Augenblicke später ging er, mit den Händen in den Taschen, im peitschenden Regen durch die Straßen der Kleinstadt.

Dann stieß er die Tür zu seinem Büro auf, wo überall amtliche Bekanntmachungen an der Wand hingen. Er rümpfte die Nase wegen der Brillantine von Inspektor Méjat, ein fader Geruch, den auch zehn Pfeifen nicht überdecken konnten.

Eine kleine alte Frau mit Häubchen, die ein ganz verschrumpeltes Gesicht hatte, saß auf einem Stuhl und hielt einen riesigen Regenschirm vor sich, wie sie in der Vendée üblich sind, aus dem tropfte Wasser. Man sah bereits eine lange Wasserspur auf dem Boden, als hätte sich da ein Hund vergessen.

»Was will denn die?« brummte Maigret, als er durch die Sperre ging. Er wandte sich an seinen einzigen Inspektor.

»Die wartet auf Sie. Sie will nur mit Ihnen sprechen.«

»Was heißt mit mir? Hat sie meinen Namen genannt?«

»Sie hat den Kommissar Maigret verlangt.«

Die Alte merkte, daß es um sie ging, und kniff würdevoll die Lippen zusammen. Maigret blätterte wie immer, bevor er den Mantel auszog, die Papiere durch, die auf seinem Schreibtisch bereitlagen: ewig die gleiche Routine, ein paar Polen zu überwachen, fehlende Personalausweise, Einreise trotz Aufenthaltsverbot …

»Was wollten Sie denn, Madame? Bitte, bleiben Sie doch sitzen. Sagen Sie mir nur zuerst mal: Wer hat Sie zu mir geschickt?«

»Mein Mann, Herr Kommissar, Justin Hulot. Wenn Sie ihn sehen, erinnern Sie sich bestimmt, sein Gesicht vergißt man nicht so leicht. Er war damals Zöllner in Concarneau, als Sie den Fall bearbeiteten.

Ja, und dann las er in der Zeitung, daß man Sie nach Luçon versetzt hatte. Als er nun gestern sah, daß die Leiche noch immer im Zimmer lag, da sagte er zu mir…«

»Moment mal, welche Leiche denn?«

»Die Leiche beim Richter…«

Sie ließ sich wohl nicht so leicht beeindrucken! Maigret brachte vorerst nur mäßiges Interesse für sie auf und ahnte nicht, wie vertraut er noch mit dieser Vierundsechzigjährigen namens Adine Hulot, die da vor ihm saß, werden sollte und daß er sie bald wie alle andern Didine nennen würde.

»Erstens einmal müssen Sie wissen, daß mein Mann inzwischen im Ruhestand ist und wir jetzt in meinem Heimatdorf, in Aiguillon, leben. Ich habe da ein kleines Haus nicht weit vom Hafen, ein Erbe meines verstorbenen Onkels. Sie kennen Aiguillon sicher nicht?

Das dachte ich mir. Dann werden Sie wohl auch kaum verstehen können… Nur, an wen hätte ich mich wenden sollen? Etwa an den Feldhüter, der von morgens bis abends betrunken ist und uns nicht ausstehen kann… Oder an den Bürgermeister, der sich nur um seine Muscheln kümmert…«

»Seine Muscheln?« wiederholte Maigret.

»Er ist Muschelzüchter, wie mein verstorbener Onkel, wie fast alle in Aiguillon. Er hat eine Miesmuschelzucht…«

Inspektor Méjat mußte blöde auflachen, Maigret quittierte es mit einem eisigen Blick.

»Sie sagten also, Madame…«

Aber die Alte brauchte keine Ermunterung. Sie ließ

sich nur Zeit. Auch sie hatte Méjat für sein ungebührliches Lachen strafend angesehen.

»Dieser Beruf ist auch nicht schlechter als andere.«

»Aber gewiß. Fahren Sie fort.«

»Das Dorf Aiguillon liegt ziemlich weit weg vom Hafen, es ist nur von ein paar Familien bewohnt, wir sind so an die zwanzig. Das größte Haus gehört dem Richter.«

»Einen Augenblick. Welchem Richter denn?«

»Forlacroix heißt er. Früher war er mal Friedensrichter in Versailles. Da hat er ja wohl Ärger bekommen, und es würde mich nicht wundern, wenn er von der Regierung gezwungen worden wäre, seinen Abschied zu nehmen.«

Sie konnte ihn nicht leiden, den Richter! Und mit ihrer Meinung über die Leute hielt diese schmächtige, ganz verrunzelte kleine Greisin auch nicht hinter dem Berg!

»Erzählen Sie mir mal von der Leiche. Ist es die des Richters?«

»Aber nein, leider nicht! So einer wird doch nie umgebracht!«

Donnerwetter! Maigret wußte nun Bescheid, und Méjat prustete in sein Taschentuch.

»Wenn Sie mich nicht auf meine Weise erzählen lassen, bringen Sie mich ganz durcheinander. Den wievielten haben wir heute? Den dreizehnten. Mein Gott! Daß ich daran nicht gedacht habe ...«

Sie klopfte schnell auf Holz und bekreuzigte sich.

»Es war vorgestern, also am elften. Am Abend vorher hatten sie Gäste.«

»Wer – ›sie‹?«

»Die Forlacroix. Doktor Brénéol mit Frau und Tochter. Ich meine, mit der Tochter seiner Frau, weil... Aber das würde zu weit führen. Kurz, sie hatten ihre kleine Abendgesellschaft, wie alle vierzehn Tage. Bis Mitternacht spielen sie immer Karten, dann machen sie einen Heidenlärm, wenn sie mit den Autos wegfahren.«

»Sie scheinen ja ziemlich genau zu wissen, was sich bei Ihren Nachbarn so abspielt.«

»Ich habe Ihnen doch gesagt, daß unser Haus... na ja, das Haus von meinem verstorbenen Onkel, praktisch hinter ihrem liegt. Ob man will oder nicht...«

Eine kleine Flamme, an der Madame Maigret ihre Freude gehabt hätte, blitzte in den Pupillen des Kommissars auf. Er rauchte auf so eine bestimmte Art, in ganz kurzen Zügen, und er stocherte im Ofen herum, blieb da mit dem Rücken zum Feuer stehen.

»Diese Leiche also...«

»Am nächsten Morgen – ich habe doch gesagt, am elften, nicht? –, am nächsten Morgen wollte mein Mann das schöne Wetter nutzen und die Apfelbäume beschneiden. Ich habe ihm die Leiter gehalten. Von dort oben konnte er über die Mauer sehen. Er war auf einer Höhe mit dem ersten Stock im Haus des Richters. Ein Fenster stand offen. Na, und da klettert er plötzlich wieder runter und sagt doch zu mir: ›Didine...‹ (Ich heiße Adine, aber alle nennen mich von jeher Didine) ›Didine‹, sagt er zu mir, ›da in dem Zimmer liegt jemand auf dem Boden.‹

›Liegt auf dem Boden?‹ wiederhole ich und kann's

einfach nicht glauben. ›Warum sollte er auf dem Boden liegen, wo's doch in dem Haus genug Betten gibt?‹

›Ist aber so. Ich steige noch mal rauf und schau mir das näher an.‹

Er klettert rauf und wieder runter. Der Mann trinkt nie einen Tropfen, und wenn der was sagt... Außerdem denkt er nach. Schließlich ist er nicht umsonst dreißig Jahre Beamter gewesen. Den ganzen Tag sehe ich, wie er hin und her überlegt. Nach dem Mittagessen macht er seine kleine Runde. Er geht ins Hôtel du Port.

›Merkwürdig!‹ sagt er, als er zurückkommt. ›Gestern ist niemand mit dem Bus hier angekommen, und ein Auto hat auch keiner gesehen.‹ Das beunruhigte ihn, verstehen Sie? Er bittet mich, ihm noch mal die Leiter zu halten, und erzählt mir dann, daß der Mann immer noch auf dem Boden liegt. Abends hat er die Lichter beobachtet, bis alle ausgeschaltet waren.«

»Was für Lichter denn?«

»Beim Richter. Hinten machen die nämlich nie die Fensterläden zu, müssen Sie wissen. Sie meinen wohl, daß man da nicht reinsehen kann. Na ja, der Richter ist in das Zimmer gekommen und lange dringeblieben. Mein Mann hat sich wieder angezogen und ist nach draußen gelaufen.«

»Weshalb?«

»Hätte ja sein können, der Richter wäre auf die Idee gekommen, die Leiche ins Wasser zu werfen... Aber er ist rasch zurückgekehrt. ›Es ist Ebbe‹, hat er mir erklärt. ›Da müßte man bis zum Hals durch den Schlick waten.‹ Am nächsten Tag...«

Maigret war sprachlos. Er hatte ja während seiner

Laufbahn manches Original erlebt, aber so etwas wie diese beiden Alten, der pensionierte Zöllner und Didine, die von ihrer Bruchbude aus das Haus des Richters beobachteten und sich dabei gegenseitig die Leiter hielten ...

»Am nächsten Tag lag die Leiche noch genauso da.«

Sie sah Maigret mit einem Ausdruck an, als wollte sie sagen: »Na bitte, wir hatten recht!«

»Mein Mann hat das Haus den ganzen Tag überwacht. Um zwei Uhr hat der Richter den üblichen Spaziergang mit seiner Tochter gemacht.«

»Ach, der Richter hat also eine Tochter?«

»Das erzähle ich Ihnen ein andermal. Die ist auch so ein Früchtchen! Er hat auch einen Sohn. Aber das wäre jetzt zu kompliziert. Und wenn der Beamte hinter uns mal aufhörte, sich das Lachen zu verbeißen, könnte ich weitererzählen.«

Das geschah Méjat recht!

»Gestern abend war um 21.26 Uhr Hochwasser. Da ging es nicht, verstehen Sie? Bis Mitternacht treiben sich immer Leute in der Gegend rum. Und nach Mitternacht wäre nicht mehr genug Wasser da gewesen. Also haben wir beschlossen, mein Mann und ich, er soll sie im Auge behalten, während ich Sie aufsuche. Ich habe den Neun-Uhr-Bus genommen. Dieser Herr hier hat mir erklärt, Sie kämen vielleicht heute gar nicht, aber mir war klar, daß er mich nur loswerden wollte. Mein Mann hatte mir ans Herz gelegt: ›Sag dem Kommissar, es handelt sich um den Zöllner aus Concarneau, den mit dem kleinen Sehfehler. Sag ihm auch, daß ich mir die Leiche mit dem Fernglas angesehen habe und daß es ein Mann ist, den man hier in der Gegend noch nie gesehen hat. Auf dem Fußboden ist ein Fleck, ganz sicher Blut.‹«

»Entschuldigen Sie«, unterbrach Maigret. »Wann geht ein Bus nach Aiguillon?«

»Der ist weg.«

»Wieviel Kilometer, Méjat?«

Méjat studierte die Wandkarte des Départements.

»Ungefähr dreißig.«

»Ruf ein Taxi.«

Wenn Didine und ihr Zöllner sich als nicht ganz richtig im Kopf erwiesen, dann mußte er eben das Taxi aus eigener Tasche bezahlen!

»Wäre nett von Ihnen, wenn Sie den Wagen kurz vor dem Hafen halten ließen, damit ich aussteigen kann und man mich nicht mit Ihnen zusammen sieht. Besser, wir tun so, als würden wir uns nicht kennen. Die Leute in Aiguillon sind so mißtrauisch. Sie können sich im Hôtel du Port einquartieren, das ist das bessere der beiden. Dort kriegen Sie nach dem Abendessen fast alle zu Gesicht. Wenn Sie das Zimmer bekommen können, das aufs Dach des Tanzsaals hinausgeht, sehen Sie sogar das Haus des Richters.«

»Sie benachrichtigen meine Frau, Méjat.«

Es war Nacht geworden, und die Welt schien nur noch aus Wasser zu bestehen. Die Alte wußte die Bequemlichkeit des Taxis, eines ehemals herrschaftlichen Wagens, zu schätzen. Der Blumenständer aus Kristall entzückte sie, ebenso die Deckenleuchte.

»Allerhand, was es so gibt! Die Reichen haben es wirklich gut.«

Die Marsch... Weite ebene Flächen, von Kanälen durchzogen, ab und zu niedrige Bauernhäuser, Hütten, wie man sie in der Vendée nennt, und aufgeschichtete Kuhfladen, die getrocknet wurden und dann als Brennmaterial dienten.

Maigret fühlte, wie sich in seinem Innern etwas regte, etwas wie eine schwache Hoffnung. Er wagte noch nicht, diesem Gefühl nachzugeben. Sollte ihm hier, in der hintersten Vendée, wohin man ihn verbannt hatte, der Zufall zu Hilfe kommen?

»Daß ich's nicht vergesse – heute ist um 22.51 Uhr Hochwasser.«

War es nicht unglaublich, mit welcher Präzision diese kleine Alte redete?

»Wenn er die Leiche loswerden will, wird er das ausnützen. Es gibt da eine Brücke über den Lay, der im Hafen mündet. Ab elf steht mein Mann auf der Brücke. Wenn Sie mit ihm sprechen wollen...«

Sie klopfte an die Trennscheibe.

»Lassen Sie mich hier raus. Ich gehe zu Fuß weiter.«

Und sie tauchte ein in die feuchte Nacht, in der sich ihr Regenschirm aufblähte wie ein Ballon. Kurz darauf stieg Maigret vor dem Hôtel du Port aus.

»Soll ich warten?«

»Nein! Fahren Sie lieber nach Luçon zurück.«

Männer im Arbeitsanzug, Fischer oder Muschelzüchter, und Gläser mit Weißwein oder Rosé auf den langen Tischen aus poliertem Kiefernholz. Dann eine Küche. Und ein Tanzsaal, der nur sonntags geöffnet war. Alles roch neu. Weiße Wände. Decke aus hellem Tannenholz. Eine Treppe, leicht gebaut wie ein Spielzeug, und ein ebenfalls weißes Zimmer, eine lackierte Eisenbettstelle, Vorhänge aus Kretonne...

»Ist das dort drüben das Haus des Richters?« erkundigte er sich bei dem Zimmermädchen.

Hinter einem Dachfenster war Licht zu sehen, wahrscheinlich die Treppenbeleuchtung. Man wollte ihn in den Speisesaal führen, in dem sonst nur die Sommergäste aßen, aber er setzte sich lieber in den Gemeinschaftsraum. Man servierte ihm Austern, Miesmuscheln, Krabben, Fisch und Hammelkeule, während die Männer sich mit starkem Akzent über Dinge unterhielten, die mit dem Meer, vor allem aber mit Muscheln zu tun hatten, wovon Maigret nichts verstand.

»Sind in den letzten Tagen Reisende hier hergekommen?«

»Seit acht Tagen niemand. Das heißt, vorgestern... Nein, es war noch einen Tag davor... Da ist einer aus dem Bus ausgestiegen... Im Vorbeigehen hat er sich zum Abendessen angekündigt, aber dann ließ er sich nicht mehr blicken.«

Maigret stolperte über eine Menge Sachen, über Schienen, Fangkörbe, Stahltrossen, Kisten, Austernschalen. Das ganze Ufer war mit Holzbaracken verstellt, in denen die Muschelzüchter ihre Geräte aufbewahrten. Das sah aus wie ein Dorf aus Holz, nur ohne Bewohner. Alle zwei Minuten ein heulender Ton. Das Nebelsignal von der Landzunge der Baleines, jenseits der Wasserstraße, drüben auf der Ile de Ré, hatte man ihm gesagt.

Im übrigen zuckten in Abständen verschwommene

Lichter über den Himmel: die Feuer von zwei oder drei Leuchttürmen, die von der Feuchtigkeit verschluckt wurden.

Man hörte die plätschernden Wellen. Die Strömung des kleinen Flusses wurde von der Flut zurückgeschoben, so daß er anschwoll, und bald – um 22.51 Uhr, wie die Alte angekündigt hatte – würde das Meer den Hochwasserstand erreichen. Ungeachtet des Regens drückte sich ein Liebespaar an eine Baracke: Mund an Mund, wortlos, regungslos.

Maigret suchte die Brücke, eine unendlich lange Holzbrücke, kaum breit genug für ein Auto. Er erahnte Masten, Boote, die die Flut emporhob. Als er sich umdrehte, sah er die Lichter des Hotels, das er gerade verlassen hatte und hundert Meter entfernt, zwei weitere Lichter im Haus des Richters.

»Sind Sie's, Herr Kommissar?«

Er fuhr zusammen. Beinahe wäre er mit einem Mann zusammengestoßen, dessen schielende Augen er dicht neben sich wahrnahm.

»Justin Hulot. Meine Frau hat mir gesagt... Ich bin schon seit einer Stunde hier, er könnte ja plötzlich auf die Idee kommen...«

Der Regen war kalt. Aus dem Hafenwasser stieg eisige Luft hoch. Seilrollen knarrten, unsichtbare Dinge führten ihr nächtliches Eigenleben.

»Ich muß Ihnen das Neueste erzählen. Als ich um drei Uhr auf die Leiter stieg, war die Leiche noch da. Um vier wollte ich sie mir vor der Dunkelheit noch mal ansehen. Na, und da war sie weg. Er muß sie runtergeschafft haben. Sicher hält er sie hinter der Tür bereit, damit er im entscheidenden Augenblick schneller loskommt. Ich frage mich bloß, wie er sie schleppen will. Der Richter ist kleiner und magerer als ich. Na ja, er hat vielleicht Größe und Gewicht meiner Frau. Der andere dagegen ... Pst!«

Jemand ging in der Dunkelheit vorüber. Die Planken der Brücke erbebten eine nach der anderen. Als die Gefahr vorbei war, fuhr der Zöllner fort:

»Auf der anderen Seite der Brücke liegt la Faute, eigentlich nicht mal ein Weiler. Dort stehen vor allem kleine Villen für die Leute, die im Sommer herkommen. Bei Tag werden Sie's sehen. Ich habe ein möglicherweise interessantes Detail erfahren, nämlich daß Albert an dem Abend der Kartenpartie seinen Vater besucht hat. Achtung!«

Diesmal war es das Liebespaar. Die beiden lehnten sich jetzt über das Brückengeländer und betrachteten den im Dunkeln dahinströmenden Fluß. Maigret hatte kalte Füße. Seine Schuhe waren durchnäßt. Er bemerkte, daß der Zöllner Gummistiefel trug.

»Der Tidenhub beträgt 108. Um sechs Uhr früh können Sie dann alle zu den Muschelzäunen gehen sehen.«

Er sprach leise, wie in der Kirche. Das wirkte beeindruckend und zugleich auch ein bißchen komisch. Maigret fragte sich allmählich, ob er nicht besser in Luçon geblieben wäre und dort jetzt im Café Français mit dem Wirt, mit Doktor Jamet, dem Eisenwarenhändler Bourdeuille und diesem alten Kauz Memimot, der hinter ihnen saß und bei jeder Gelegenheit den Kopf schüttelte, seine Partie Karten spielte.

»Meine Frau beobachtet die Rückfront des Hauses.«

Die kleine Alte war also noch mit von der Partie?

»Man kann nie wissen. Vielleicht hat er das Auto rausgeholt und ist auf den Gedanken gekommen, die Leiche fortzuschaffen?«

Die Leiche, die Leiche! Gab es denn überhaupt eine Leiche hier?

Drei Pfeifen... Vier Pfeifen... Gelegentlich wurde die Hoteltür geöffnet und wieder geschlossen, man hörte Schritte, die sich entfernten, Stimmen. Dann gingen die Lichter aus. Ein Ruderboot fuhr unter der Brücke durch.

»Das ist der alte Bariteau, der bringt seine Aalreusen raus. Vor zwei Stunden kommt er nicht zurück.«

Wie fand sich der alte Bariteau in dieser Finsternis bloß zurecht? Rätselhaft. Man roch das nahe Meer am Ende der engen Hafenzufahrt, spürte es bei jedem Atemzug. Es schwoll an, drang unaufhaltsam in die Wasserstraße ein.

Maigret schaltete plötzlich ab. Wie es dazu gekommen war, hätte er nicht sagen können. Er dachte an die kürzlich erfolgte Zusammenlegung von Kriminalpolizei und Sûreté Générale und an gewisse Reibereien, die... Luçon! Man hatte ihn nach Luçon geschickt, wo...

»Sehen Sie!«

Die sehnige Hand des ehemaligen Zöllners umklammerte seinen Arm.

Das durfte doch nicht wahr sein. Der Gedanke, daß diese beiden Alten... Diese Leiter, von Didine gehalten ... Das Fernglas ... Und dieser exakt ausgerechnete Tidenhub ...

»Sie haben das Licht ausgemacht.«

Was war daran schon ungewöhnlich, wenn um diese Zeit beim Richter überall die Lichter ausgingen?

»Kommen Sie. Man kann hier nicht genug sehen.«

Maigret ging schon auf Zehenspitzen, um die Brükkenplanken nicht zu erschüttern. Diese Sirene, sie klang wie das Brüllen einer heiseren Kuh ...

Das Wasser reichte jetzt beinahe bis an die Bretterbuden. Ein Fuß stieß an einen schadhaften Korb.

»Pst!«

Und nun sahen sie, wie die Haustür des Richters aufging. Ein kleiner Mann hüpfte vor die Tür, sah nach rechts und nach links, kehrte in den Flur zurück.

Im nächsten Augenblick geschah das Unwahrscheinliche. Der kleine Mann erschien wieder, in gebückter Haltung umklammerte er ein langes Gebilde, das er durch den Schlamm zerrte.

Das Ding schien schwer zu sein. Nach vier Metern blieb er stehen, um Atem zu schöpfen. Die Haustür war offengeblieben. Bis zum Meer waren es noch zwanzig, dreißig Meter.

»Hah!«

Man erahnte dieses keuchende »Hah« und die Muskelanspannung. Es regnete immer noch. Die Hand des Zöllners auf Maigrets dickem Ärmel zitterte krampfhaft.

»Haben Sie gesehen?«

O ja, es war genau das geschehen, was die Alte gesagt, was der ehemalige Zöllner hatte kommen sehen. Der kleine Mann dort war zweifellos Richter Forlacroix. Und was er da durch den Schlamm zerrte, war mit Sicherheit eine Leiche!

2

»Sagen Sie mal, alter Freund...«

Die Szene war ein wenig gespenstisch, denn der Richter ahnte nichts von ihnen. Er wähnte sich allein in der tiefen Nacht. Hin und wieder streifte ihn der Lichtschein des Leuchtturms, so daß man einen alten Gabardinemantel und einen Filzhut erkennen konnte. Maigret bemerkte sogar, daß er eine Zigarette im Mund hatte, die im Regen aber wohl ausgegangen war.

Zwischen ihnen lagen keine vierzig Meter mehr. Der Kommissar und Didines Ehemann standen neben einer Art Baubaracke. Sie dachten gar nicht daran, sich zu verbergen. Der Richter sah sie nur deshalb nicht, weil er den Kopf nicht in ihre Richtung drehte. Er war völlig durcheinander, der Richter. Die Last, die er hinter sich herzerrte, war an einer Trosse hängengeblieben, die in zwanzig Zentimeter Höhe quer über den Kai lief. Er mußte die Last darüberhieven, wobei er sich recht ungeschickt anstellte. Man merkte, daß er Schwerarbeit nicht gewohnt war. Er schwitzte, denn er wischte sich mit der Hand über die Stirn.

Und da nun sagte Maigret, ohne lange zu überlegen, ob dies der richtige Moment war oder was er vielleicht am besten tun sollte, einfach so:

»Sagen Sie mal, alter Freund...«

Der Richter wandte den Kopf und sah die beiden

Männer: den riesigen Maigret und den winzigen Zöllner. Es war zu dunkel. Man konnte von seinem Gesicht nichts ablesen. Es vergingen ein paar Sekunden, die endlos schienen. Dann vernahm man eine Stimme. Klang sie unsicher?

»Aber wer sind Sie denn?«

»Kommissar Maigret.«

Er war näher auf ihn zugetreten, konnte aber das Gesicht immer noch nicht erkennen. Er stieß mit den Füßen fast gegen die Leiche, die anscheinend in Säcke verpackt war. Wie konnte der Richter nur in einem solchen Augenblick erstaunt, mit einem achtungsvollen Unterton zurückfragen: »Der Maigret von der Kriminalpolizei?«

Die Leute in den Häusern ringsum schliefen. Der alte Bariteau dort drüben, wo es im Dunkeln leise rauschte, suchte am Meeresgrund nach Vertiefungen für seine Aalreusen.

»Vielleicht ist es besser so.«

Wieder hatte der Richter gesprochen.

»Wollen Sie mit mir ins Haus kommen?«

Er machte ein paar Schritte, offenbar ohne an seine Last zu denken. Die Stille war so atemberaubend, daß alles wie in Zeitlupe abzulaufen schien.

»Es wäre vielleicht besser, die Leiche wieder reinzuschaffen?« meinte der Richter schweren Herzens.

Er beugte sich herunter, Maigret half ihm. Die Tür war noch offen. Der Zöllner blieb auf der Schwelle stehen; Forlacroix, der ihn nicht erkannt hatte, überlegte, ob er sich entschließen würde, hereinzukommen.

»Ich danke Ihnen, Hulot!« schaltete sich Maigret ein.

»Wir sehen uns morgen früh. Erzählen Sie vorerst niemandem etwas. Haben Sie Telefon, Monsieur Forlacroix?«

»Schon, aber ab neun Uhr haben wir keinen Anschluß mehr.«

»Einen Augenblick noch, Hulot. Klingeln Sie am Postamt und lassen Sie sich mit der Nummer 23 in Luçon verbinden. Das ist ein Hotel. Bitten Sie Inspektor Méjat an den Apparat und sagen Sie ihm, er soll so schnell wie möglich herkommen.«

So! Nun standen sich die zwei Männer von Angesicht zu Angesicht in einem Korridor gegenüber, der Richter hatte das Licht angeknipst. Er legte seinen tropfnassen Hut und den Regenmantel ab. Die Geheimnisse der Nacht waren verflogen. Jetzt stand da im Licht ein kleiner, schlanker Mann mit regelmäßigen Gesichtszügen, die von langem, sehr feinem, graumeliertem Blondhaar umrahmt wurden, das an eine Perücke denken ließ.

Er betrachtete seine Hände, die schmutzig waren, dann den Packen. Maigret sah jetzt, daß die Leiche in zwei Kohlensäcke gesteckt worden war: einer für Kopf und Oberkörper, der andere für die Beine. Beide Säcke waren mit Bindfaden grob zusammengenäht.

»Wollen Sie ihn gleich ansehen?«

»Wer ist es denn?« fragte Maigret.

»Keine Ahnung. Legen Sie doch bitte Ihren Mantel ab und kommen Sie hier herein.«

Er wischte sich die Hände mit seinem Taschentuch ab, öffnete die Tür, knipste einen weiteren Lichtschalter an. Sie betraten ein geräumiges Zimmer mit einem Kamin im Hintergrund, in dem Holzscheite brannten.

Nichts hätte Maigret in diesem Augenblick mehr überraschen können als die angenehme Wärme dieses Raumes, seine Klarheit, seine harmonische Gestaltung. Durch die Eichenbalken wirkte die Decke sehr niedrig. Gleich an der Tür führten übrigens zwei Stufen hinab. Der Fußboden bestand aus weißen Steinplatten, auf denen zwei oder drei Brücken lagen. An den weißen Wänden standen überall Bücherregale mit Tausenden von Bänden.

»Nehmen Sie Platz, Kommissar. Ich glaube mich zu erinnern, daß Sie's gern warm haben.«

Auf einem antiken Tisch weitere Bücher. Vor dem Kamin zwei Sessel. Kaum zu glauben, daß vor der Tür, eingenäht in zwei Kohlensäcke...

»Ein Glück für mich, daß ich es mit einem Mann wie Ihnen zu tun habe. Übrigens begreife ich das nicht recht. Ich vermutete Sie in Paris und...«

»Man hat mich nach Luçon versetzt.«

»Um so besser für mich. Einem gewöhnlichen Polizisten hätte ich mich ja wohl auch kaum verständlich machen können. Sie gestatten?«

Er nahm aus einer Renaissance-Kredenz ein silbernes Tablett, eine Karaffe und zwei Kristallgläser, und in der raffinierten Beleuchtung funkelten diese Gegenstände prachtvoll. Sie verbreiteten eine Atmosphäre von gepflegter Ruhe und Behaglichkeit.

»Ein Glas Armagnac, bitte. Übrigens, da fällt mir gerade ein... Was hat eigentlich dieser häßliche einäugige Zöllner hierbei zu schaffen...?«

In dem Augenblick wurde sich Maigret der Situation bewußt. Er sah sich da bequem in dem Sessel sitzen, die Beine zum Kaminfeuer ausgestreckt, wie er in der hohlen Hand sein Glas Armagnac anwärmte. Er machte sich klar, daß hier nicht er redete und Fragen stellte, sondern dieser zarte und ruhige kleine Mann, eben jener, der vor ein paar Minuten eine Leiche zum Meer gezerrt hatte.

»Entschuldigen Sie bitte, Monsieur Forlacroix, vielleicht sollte ich Ihnen jetzt ein paar Fragen stellen.«

Überrascht und zugleich vorwurfsvoll wandte ihm der Richter seine vergißmeinnichtblauen Augen zu. Er schien sagen zu wollen:

»Warum denn das? Von Ihnen hätte ich das nicht erwartet. Aber bitte! Wenn es sein muß...«

Aber er sagte nichts. Er neigte nur leicht den Kopf zur Seite, aus Höflichkeit, um besser hören zu können. Es war eine für ihn typische Geste, die darauf schließen ließ, daß er etwas schwerhörig war.

»Sie haben mir vorhin erklärt, daß Sie diesen... diesen Mann nicht kennen...«

Meine Güte, war das schwierig! Wie heikel die einfachsten Dinge wurden, wenn man erst einmal in diese behagliche Atmosphäre eingetaucht war!

»Ich habe ihn in meinem ganzen Leben noch nie gesehen, glauben Sie mir.«

»Aber warum haben Sie dann...«

Es mußte sein! Also los! Fast hätte Maigret jetzt die Augen zugemacht, so wie einer, der eine bittere Medizin schlucken muß.

»Warum haben Sie ihn umgebracht?«

Er sah ihn an. Und wieder entdeckte er im Gesicht des Richters den gleichen erstaunten, vorwurfsvollen Ausdruck.

»Aber ich habe ihn nicht umgebracht, Kommissar! Weshalb hätte ich diesen Menschen töten sollen, den ich gar nicht kannte, den ich nie lebend gesehen habe? Ich weiß, es klingt unwahrscheinlich, aber ich bin sicher, daß ein Mann wie Sie mir glauben wird.«

Das Schönste war, daß Maigret ihm bereits glaubte. Er war sehr empfänglich für den Reiz dieses ruhigen Hauses, in dem man nur das knisternde Holzfeuer hörte und wenn sie schwiegen sanftes Meeresrauschen von ferne.

»Wenn Sie wollen, erzähle ich Ihnen der Reihe nach, wie sich alles abgespielt hat. Noch einen Schluck Armagnac? Ein alter Freund, der lange Jahre Staatsanwalt in Versailles war, schickt ihn mir von seinem Weingut in Gers.«

»Sie haben doch auch in Versailles gelebt, oder?«

»Fast mein ganzes Leben lang. Eine reizvolle Stadt. Irgendwie ist da immer noch ein Einfluß des Grand Siècle auf die Leute zu spüren, und ich glaube kaum, daß man anderswo noch so eine höfliche Gesellschaft im alten Sinn des Wortes findet. Wir waren ein kleiner Kreis, der...«

Er machte eine Handbewegung, wie um diese Erinnerungen wegzuwischen, da er doch nichts ändern konnte.

»Lassen wir das. Es war... Also es war Dienstag...«

»Dienstag, der zehnte«, stellte Maigret klar. »Sie hatten Freunde zu Besuch, wenn ich nicht irre.«

Der Richter lächelte fein.

»Ich sehe, Sie sind bereits im Bilde. Ich sah Sie vorhin mit Hulot. Dann kennen Sie doch bestimmt auch schon Didine. Die weiß besser als ich, was in meinem Hause vor sich geht.«

Plötzlich fiel Maigret etwas auf. Er sah sich um, weil er irgendwie das Gefühl hatte, daß in diesem Hause etwas fehlte.

»Haben Sie keine Hausangestellten?« fragte er erstaunt.

»Keine, die ständig hier wohnen. Eine alte Frau und ihre Tochter aus Aiguillon kommen jeden Morgen und gehen gleich nach dem Abendessen wieder. Am Dienstag also waren meine Freunde hier wie alle vierzehn Tage. Doktor Brénéol, der einen Kilometer entfernt wohnt, seine Frau und Françoise.«

»Diese Françoise ist die Tochter von Madame Brénéol?«

»Genau. Aus erster Ehe. Das spielt aber keine Rolle, außer für Brénéol...«

Seine Lippen verzogen sich wieder zu einem flüchtigen Lächeln.

»Die Marsacs hingegen, die in Saint-Michel-en-l'Hermitage wohnen, sind etwas später eingetroffen. Wir haben dann Bridge gespielt.«

»War Ihre Tochter auch dabei?«

Er zögerte, schwankte einen Augenblick. Sein Blick wurde eine Spur ernster.

»Nein. Sie war im Bett.«

»Und heute abend?«

»Ist sie im Bett.«

»Hat sie nichts gehört?«

»Gar nichts. Ich habe möglichst wenig Lärm gemacht. Am Dienstag also haben wir uns gegen Mitternacht getrennt.«

»Danach hatten Sie dann aber noch einen Besuch«, stellte Maigret fest und wandte sich zum Kamin. »Von Ihrem Sohn.«

»Von Albert, ja. Er ist nur ein paar Minuten geblieben.«

»Ihr Sohn wohnt nicht bei Ihnen?«

»Er wohnt neben dem Gemeindeamt. Wir haben nicht gerade die gleichen Neigungen. Mein Sohn züchtet Muscheln. Sie haben bestimmt schon gehört, daß dies hier die Haupttätigkeit ist.«

»Wäre es indiskret zu fragen, aus welchem Grund Ihr Sohn Sie mitten in der Nacht aufgesucht hat?«

Der Richter starrte auf sein Glas, schwieg einen Augenblick und erklärte dann schließlich:

»Ja.«

Und wartete ab.

»Ist Ihr Sohn in den ersten Stock hinaufgegangen?«

»Ich habe ihn dort angetroffen.«

»Bestimmt wollte er seine Schwester begrüßen.«

»Nein. Er hat sie nicht gesehen.«

»Woher wissen Sie das?«

»Sie erfahren es ja sowieso von anderen, da kann ich es Ihnen auch gleich sagen: Weil ich die Gewohnheit habe, meine Tochter nachts einzuschließen. Sagen wir, sie ist Schlafwandlerin.«

»Warum ist Ihr Sohn raufgegangen?«

»Um auf mich zu warten, weil ich unten Freunde hatte. Er saß auf der letzten Treppenstufe. Wir hatten ein kurzes Gespräch.«

»Auf der Treppe?«

Der Richter nickte. Klang das nicht allmählich etwas unwahrscheinlich? Maigret leerte sein Glas in einem Zug, und Forlacroix schenkte ihm nach.

»Ich bin nach unten gegangen, um die Kette vor die Haustür zu legen. Dann ging ich eigentlich gleich schlafen, nachdem ich nur noch ein paar Seiten gelesen hatte. Am nächsten Morgen betrat ich die Obstkammer, um dort ... Offen gestanden kann ich mich beim besten Willen nicht mehr erinnern, was ich holen wollte. Wir nennen diesen Raum Obstkammer, weil wir da unser Obst aufbewahren, aber auch andere Sachen. Eine Rumpelkammer sozusagen. Da lag ein Mann auf dem Boden, ein Mann, den ich noch nie gesehen hatte. Er war tot, der Schädel war eingeschlagen, mit einem stumpfen Gegenstand, wie Sie es nennen. Ich habe seine Taschen durchsucht und werde Ihnen nachher alles zeigen, was ich darin fand. Aber es war keine Brieftasche dabei, kein einziges Papier, durch das sich seine Identität feststellen ließe.«

»Was ich nicht verstehe ...«, begann Maigret.

»Ich weiß. Und das wird niemand verstehen. Ich habe die Polizei nicht benachrichtigt, sondern die Leiche drei Tage im Haus behalten. Ich wollte das Hochwasser abwarten und sie dann nachts loswerden, heimlich, wie ein Mörder. Glauben Sie mir, ich sage Ihnen die reine Wahrheit. Ich habe diesen Mann nicht getötet. Dazu hätte ich überhaupt keinen Grund gehabt. Keine Ahnung, warum er in mein Haus gekommen ist. Ich weiß auch nicht, ob er lebend hereinkam oder ob man ihn tot hergebracht hat.«

Er schwieg. Wieder hörte man in der Ferne die Nebelsirene heulen. Es waren Boote auf dem Meer. Fischer schafften ihren Fang in prall gefüllten Schleppnetzen auf die Brücke. Ob der Zöllner Hulot telefonisch durchgekommen war? Dann müßte sich dieser unerträgliche Méjat mit seinem von Brillantine verklebten Haar ja jetzt eiligst anziehen. Ob er wieder eine Eroberung im Bett hatte, wie er immer angeberisch erzählte?

»Na«, seufzte Maigret, der von der Hitze ganz benommen war, »ich glaube nicht, daß das von alleine läuft.«

»Das befürchte ich auch. In dem Fall, ich meine, nachdem der Mann tot war, wäre es besser gewesen...«

Er beendete den Satz nicht, sondern trat ans Fenster zurück. Die Ebbe hätte ihn hinausgezogen, und damit wäre der Fall ein für allemal erledigt gewesen. Maigret begann sich zu rühren, bewegte erst das eine, dann das andere Bein, dann schaffte er es schließlich, aus dem tiefen Sessel aufzustehen. Man hatte den Eindruck, daß sein Kopf fast bis an die Deckenbalken reichte.

»Wie wär's, wenn wir ihn nun doch mal ansehen würden?«

Unwillkürlich bewunderte er diesen niedrigen Raum, wo es sich so gut leben ließ, wo alles so genau an seinem Platz war. Er sah zur Decke: Was war das nur für ein junges Mädchen, das über Nacht eingeschlossen wurde?

»Wir könnten ihn in die Waschküche schaffen«, schlug der schmächtige Richter vor. »Das ist hinten im Flur.«

Jetzt achteten sie beide darauf, sich nicht schmutzig zu machen. Sie waren nicht mehr in der feuchten Nacht, hier waren sie wieder zivilisierte Menschen.

Die Waschküche mit dem roten Fliesenboden war geräumig. Auf Drahtleinen trockneten noch Wäschestücke.

»Haben Sie eine Schere?« knurrte Maigret, während er an den beiden Säcken herumfingerte, aus denen vom Kohlenstaub geschwärztes Wasser rann.

Der Richter fand keine Schere, kam aber mit einem Küchenmesser zurück. Das Feuer war erloschen. Es war kalt. Die feuchten Finger wurden rot.

Ganz merkwürdig, daß nichts Tragisches dabei war. Den Richter schien die Aussicht nicht zu erschrecken, das Gesicht jenes Mannes wiederzusehen, den er in die Säcke eingenäht hatte. Maigret zeigte wieder ganz seine störrische und mürrische Art, in Wahrheit aber stürzte er sich fast mit Wollust in dieses Ermittlung, die ihm in Luçon, dem Ort seiner Verbannung, vom Himmel geschickt worden war. Der Seehund, der im Zirkus seine Jonglierkunststücke vorgeführt hatte, durfte in die eisigen Wasser der Nordmeere zurück!

Seit wann hatte er nicht mehr wie vorhin ein Haus betreten, um darin herumzuschnuppern und mit schwerem Schritt so lange hin und her zu gehen, bis das Wesen der Leute und der Dinge kein Geheimnis mehr für ihn war?

Und diese Didine mit ihrem Hulot! Und dieser Sohn, der um Mitternacht auf einer Treppe hockte und auf seinen Vater wartete!

Jetzt aber zu dem anderen! Dem Opfer. Was würde aus diesen verdreckten Säcken herauskommen?

Einen Augenblick lang war es fast komisch. Man ist auf alles gefaßt, nur nicht auf die Launen der Wirklichkeit. Das Gesicht nämlich, das zum Vorschein kam, als sie den oberen Sack weggezogen hatten, war ganz schwarz. Von der Kohle, versteht sich! Logisch. Dennoch sahen sich die beiden Männer kurz an, weil sie beide den gleichen Gedanken hatten; eine Sekunde lang hatten sie doch tatsächlich geglaubt, einen Neger vor sich zu haben.

»Haben Sie ein Handtuch und etwas Wasser?«

Der Wasserhahn rauschte laut. Als es wieder still wurde, horchte Maigret hinaus. Von draußen war jetzt etwas anderes zu vernehmen, ein Motorengeräusch. Ein Wagenschlag wurde zugeknallt. Dann läutete es an einer Glocke im Hausflur Sturm. Méjat hatte für einen donnernden Auftritt gesorgt.

»Wo ist der Kommissar?«

Er stand vor ihm. Der Inspektor hatte eine rote Nase, eine Haarsträhne fiel ihm schräg ins Gesicht.

»Ich komme doch nicht zu spät? Soll ich das Taxi warten lassen, Chef? Gibt's tatsächlich 'ne Leiche? Wo ist die übergeschnappte Alte?«

Er brachte die kalte, feuchte Luft von draußen mit herein und zugleich eine Derbheit, durch die sich die

Atmosphäre von Grund auf veränderte. Von nun an war alles weniger verhalten, weniger gedämpft. Méjat mit seinem durchschlagenden Toulouser Akzent fehlte jedes Gespür für Feinheiten.

»Haben Sie die Identität festgestellt, Chef?«

»Keinerlei Hinweis.«

Maigret war selber überrascht über diese Formulierung, die aus einer fernen Vergangenheit stammte. Früher hatte er sie häufig gebraucht, wenn er mitten in einer besonders zähen Untersuchung steckte und Trottel wie Méjat...

»Na, der hat aber einen kräftigen Schlag über den Schädel gekriegt!«

Der Richter sah Maigret an. Maigret sah ihn an, und beide dachten dasselbe, sie sehnten sich zurück nach der friedlichen, fast intimen Atmosphäre von vorhin. Méjat durchsuchte nun die Taschen des Toten und fand selbstverständlich nichts darin.

»Für wie alt halten Sie ihn, Chef? Na, ich schätze so auf vierzig. Gibt es in seinen Kleidungsstücken keine Etiketts? Soll ich ihn ausziehen?«

»Gute Idee! Tu das!«

Maigret aber stopfte sich eine Pfeife, und während er nun in der Waschküche im Kreis herumging, redete er halblaut vor sich hin.

»Ich muß den Staatsanwalt in La Roche-sur-Yon anrufen. Bin gespannt, was er entscheidet.«

Und der Richter vor ihm erklärte allen Ernstes, ohne sich der Komik seiner Worte bewußt zu sein:

»Es wäre eine *Katastrophe*, wenn ich ins Gefängnis müßte.«

»Was Sie nicht sagen, Richter Forlacroix! Meinen Sie nicht, daß es eher eine *Katastrophe* für diesen Mann ist, umgebracht worden zu sein und jetzt so auf diesen Steinfliesen zu liegen? Meinen Sie nicht, daß es eine *Katastrophe* für eine Frau, für Kinder, wer weiß für wen ist, die sich jetzt fragen, was mit ihm geschehen ist? Und daß es eine noch größere *Katastrophe* gewesen wäre, wenn man das niemals erfahren hätte, weil jemand sich die Sache zu leicht machen wollte?«

Nicht einmal für die Bewirtung zeigte er sich erkenntlich! Da hatte man ihm einen einmaligen Armagnac geboten, ein Kaminfeuer, das wie Balsam auf ihn gewirkt hatte, eine Stunde in angenehmer Atmosphäre, und nun wandte er sich gegen seinen Gastgeber, wurde wieder der unerbittliche Maigret vom Quai des Orfèvres.

Der sanfte Forlacroix antwortete nur mit einem vorwurfsvollen Blick.

»Da ist ein Etikett in der Jacke!« triumphierte Méjat. »Warten Sie, ich lese vor, was draufsteht... Pa... pa... Pana...«

»Panama!« brummte Maigret und riß ihm das Kleidungsstück aus der Hand. »Na, das kann ja unsere Aufgabe nur erleichtern, wie? Ein Herr, der Kleider trägt, die in Panama hergestellt worden sind! Warum nicht gleich in China?«

Um die Schuhe herunterzubekommen, mußte man das Oberleder aufschneiden. Auch das übernahm Méjat, und dieser geschniegelte Junge, der so gern den Charmeur spielte, erledigte seine Arbeit ebenso selbstverständlich, wie er sonst einen Bericht schrieb und dabei immer die Eigennamen in Rundschrift malte, eine seiner Schrullen.

»Die Schuhe stammen aus Paris, Boulevard des Capucines. Die Absätze sind schon ein bißchen schief, mindestens einen Monat getragen, würde ich sagen. Was meinen Sie, Chef? War der Franzose? Ich denke schon, daß er Franzose war. Nicht unvermögend, der hat nicht mit den Händen gearbeitet. Sehen Sie sich die Hände mal an.«

Niemand dachte mehr an das Taxi, das draußen wartete, und an den Chauffeur, der hin und her ging, um sich aufzuwärmen. Plötzlich wurde die Tür aufgestoßen. Ein Mann, groß und breit wie Maigret, in hohen Gummistiefeln, die bis zu den Oberschenkeln reichten, kam durch den Flur. Er trug einen Südwester auf dem Kopf. Sein Oberkörper steckte in einer Jacke aus Ölzeug, unter der ein dicker Pullover zu vermuten war.

Schwerfällig und mißtrauisch näherte er sich, musterte zuerst Maigret, dann Méjat von Kopf bis Fuß, beugte sich über die Leiche und starrte schließlich den schmächtigen Richter an.

»Was ist hier los?« fragte er bissig, beinahe drohend.

Forlacroix wandte sich Maigret zu.

»Mein Sohn«, stellte er vor. »Ich wäre Ihnen dankbar, wenn Sie ihm erklären könnten...«

Er selber trippelte eilig aus der Waschküche und zog sich in den niedrigen Raum zurück, in dem er zuvor den Kommissar empfangen hatte.

»Was ist hier los?« wiederholte der junge Mann seine Frage, diesmal an Maigret gerichtet. »Wer ist das? Wer hat ihn umgebracht? Sie sind von der Polizei, nicht wahr? Als ich einen Wagen vor dem Haus stehen sah ...«

Es war bereits fünf Uhr morgens. Albert Forlacroix hatte gerade zum Muschelzaun aufbrechen wollen, als er das Auto bemerkte.

»Der Chauffeur hat mir erzählt, daß er einen Inspektor aus Luçon hergefahren habe.«

Dann schob er plötzlich die Augenbrauen zusammen:

»Meine Schwester ... Was hat er mit meiner Schwester gemacht?«

Er fragte das so angsterfüllt, daß es Maigret wie ein Schock traf. Ob etwa ... Während sie beide, Forlacroix und er, in weichen Sesseln, vor prasselnden Holzscheiten ...

»Ich würde Ihre Schwester tatsächlich gern sehen«, sagte er mit veränderter Stimme. »Haben Sie den Schlüssel zu ihrem Zimmer?«

Der andere zeigte nur seine Herkules-Schulter.

»Méjat, du bleibst hier unten.«

Man hörte ihr Gepolter auf der Treppe, dann auf einem langen, verwinkelten Flur.

»Hier ist es. Würden Sie bitte zurücktreten?«

Und Albert Forlacroix warf sich gegen die Tür.

3

Die Spur Airaud

Es war ein ganz besonderer Augenblick, der bei Maigret einen bleibenden Eindruck hinterließ. Da war die Müdigkeit von der durchwachten Nacht und dieser Geruch nach feuchter Wolle. Der unbekannte Korridor hier schien sich in der Unendlichkeit zu verlieren. Wieder war die Nebelsirene zu hören. Gerade in dem Augenblick, als Albert sich gegen die Tür warf, blickte Maigret zur Treppe und sah den Richter, der lautlos heraufgekommen war, und dahinter, noch im Treppenhaus, das Gesicht von Méjat.

Die Tür gab nach, und schwungvoll landete der Koloß mitten im Zimmer.

Es bot sich ihnen ein ganz unerwarteter Anblick, etwas völlig anderes, als sie sich vorgestellt hatten.

Das Zimmer wurde von einer Nachttischlampe erhellt, deren Schirm aus rosa Seide fein gefältelt war. In einem Louis-seize-Bett lag ein junges Mädchen in fast sitzender Haltung, denn sie stützte sich auf einen Ellbogen, und als sie sich nun zur Tür wandte, rutschte eine pralle Brust aus dem Nachthemd.

Maigret hätte nicht zu sagen vermocht, ob sie schön war. Vielleicht war das Gesicht zu breit, die Stirn zu niedrig, die Nase kindlich? Aber die vollen Lippen waren wie eine saftige Frucht und die Augen riesengroß.

Hatte sie Licht gemacht, als sie den Krach im Korridor hörte? Hatte sie geschlafen? Schwer zu sagen. Sie wirkte kaum verwundert. Dabei sah sie doch den massigen Maigret im Türrahmen und ihren Bruder in Gummistiefeln mitten im Zimmer stehen.

Sie murmelte aber nur mit ruhiger Stimme:

»Was ist denn los, Albert?«

Ihr Vater zeigte sich nicht, er hatte sich aber der Tür genähert und mitgehört. Maigret war verlegen, denn er konnte den Blick nicht von der entblößten Brust lösen, und der junge Mann hatte das bemerkt. Allerdings achtete Albert nicht weiter darauf. Er inspizierte das Zimmer mißtrauisch, öffnete eine Tür.

Intuition? Maigret war sicher, daß diese Tür in die berühmte Obstkammer führte, und ging darauf zu.

»Was suchen Sie?« fragte er.

Keine Antwort; nur ein böser Blick. Dann bückte sich Albert Forlacroix plötzlich. Im Zimmer gab es wie in der Obstkammer Fußspuren auf dem Boden. Männerschuhe hatten dünne Schmutzränder zurückgelassen, und dieser Schmutz war noch nicht ganz getrocknet.

»Wer war das?«

Albert ging zum Fenster der Obstkammer, das halb offenstand und durch das kalte Luft hereinkam.

Als er in das Zimmer zurückkehrte, sah Maigret das junge Mädchen noch in der gleichen Haltung daliegen, und ihre Brust war immer noch nackt. War also letzte Nacht, womöglich als sich Maigret schon im Haus befand, ein Mann in diesem Zimmer, in diesem Bett gewesen?

Albert durchquerte den Raum mit großen Schritten, Maigret folgte ihm. Im Flur wartete der Richter.

»Ich werde die Tür nicht mehr abschließen können«, murmelte er.

Sein Sohn zuckte die Achseln und ging, ohne sich um jemanden zu kümmern, nach unten, Maigret blieb ihm auf den Fersen.

»Méjat!«

»Ja, Chef?«

»Du beobachtest das Haus... Von draußen.«

Er nahm schnell seinen Mantel vom Haken, schnappte sich seinen Hut. Es war noch nicht hell draußen, aber im Hafen herrschte Betrieb, und man hörte Stimmen, verschiedene Geräusche von allen Seiten.

»Sie haben mir vorhin nicht geantwortet. Wissen Sie, wer dieser Mann ist?«

Maigret ging an dem kleinen Zöllner, der ihn abgepaßt hatte, vorbei, als hätte er ihn nicht gesehen, so daß der nun ganz enttäuscht war.

Albert hingegen hatte es nicht eilig zu reden. Komischer Kauz!

»Ich kann doch auf Fang fahren, ja? Oder wollen Sie mich verhaften?«

»Gehen Sie ruhig auf Fang. Es sei denn, Sie hätten mir etwas zu sagen. Über den Mann etwa, dessen Spuren Sie im Zimmer Ihrer Schwester gefunden haben?«

Da blieb Albert ruckartig stehen, legte Maigret die Hand auf die Schulter. Sie waren am Ufer angelangt. Das Wasser ging schnell zurück, legte bräunlichen, blasigen Schlamm frei. Männer und Frauen, alle in Hosen und Gummistiefeln, luden leere Körbe in sehr flache Boote, die mit einer Stange fortbewegt wurden.

»Wollen Sie den Mann sehen? Der da ist's!«

Ein Bursche, fast genauso groß und kräftig wie Albert, auch gleich gekleidet, half einer alten Frau gerade in sein Boot und stieß sofort vom Ufer ab.

»Airaud heißt er... Marcel Airaud.«

Dann riß er die Tür zu einer Baracke auf und kam mit einem Stapel Körbe wieder heraus.

Als Maigret ins Hôtel du Port zurückkehrte, war das Hausmädchen bereits auf und schrubbte den Fliesenboden im Speisesaal mit reichlich Wasser.

»Wo sind Sie denn gewesen?« fragte sie. »Haben Sie nicht hier in Ihrem Bett geschlafen?«

Er ließ sich neben dem Ofen nieder, bestellte Kaffee, Brot, Wurst und Käse. Erst nachdem er so behaglich auf der Bank saß, erkundigte er sich kauend:

»Kennen Sie einen gewissen Airaud?«

»Marcel?« fragte sie so lebhaft zurück, daß Maigret sie aufmerksamer ansah.

»Marcel Airaud, ja.«

»Er ist von hier. Wie kommen Sie auf ihn?«

Daß der Bursche ihr gleichgültig war, konnte sie jedenfalls keinem erzählen.

»Ist er Muschelzüchter? Verheiratet?«

»Keine Spur!«

»Verlobt?«

»Warum fragen Sie mich das?«

»Nur so. Ich hatte den Eindruck, er streicht um die Tochter des Richters herum.«

»Das ist doch gelogen!« stieß sie zwischen den Zähnen hervor. »Andere vielleicht! Und die brauchen auch nicht lange herumzustreichen oder sich groß anzustrengen, denn wenn Sie's genau wissen wollen, dieses Mädchen ist eine... eine...«

Sie suchte nach dem stärksten Schimpfwort, aber dann brachte sie nur ein ganz harmloses über die Lippen:

»Ein Nichtsnutz ist sie! Das weiß jeder. Und wenn ihr Bruder weiter alle Männer, die ihr aufs Zimmer nachrennen, hätte verprügeln müssen...«

»Sind das viele?«

»Fast alle. Und mal ist sie nach Poitiers abgehauen, da hat man sie vielleicht in einem Zustand wieder aufgelesen... Also, wenn Ihnen jemand hier erzählen will, Marcel und sie...«

»Könnte ich vielleicht noch einen Kaffee haben? Ach ja, noch was: Um welche Uhrzeit war denn der Mann am Dienstag mit dem Bus hier angekommen?

»Mit dem Bus um halb fünf.«

»Ist er dann sofort weggegangen?«

»Er hat gesagt, daß er zum Abendessen käme. Er ist zur Brücke gegangen, glaub ich wenigstens, es war ja schon dunkel.«

»Würden Sie ihn wiedererkennen, wenn man Ihnen ein Foto von ihm zeigte?«

»Möglich.«

»Na schön. Ich leg mich jetzt schlafen.«

Sie sah ihn entgeistert an.

»Also jetzt ist es sechs. Wecken Sie mich um acht Uhr, mit einem starken Kaffee. Ich verlasse mich auf Sie, Kindchen. Sie sind mir doch nicht böse wegen Marcel?«

»Das läßt mich kalt!«

Er schlief fest. Das war sein großes Plus, er konnte überall und jederzeit schlafen, von einer Sekunde auf die andere seine Sorgen vergessen.

Als das Mädchen, das Thérèse hieß, ihn dann weckte und ganz heißen Kaffee brachte, erwartete ihn eine angenehme Überraschung. Alles hatte sich verändert. Die Sonne schien durchs Fenster. Tausend Geräusche eines bunten Treibens drangen von draußen ins Zimmer.

»Bringen Sie mir doch bitte ein Stück Seife, Kindchen. Und wenn es in der Nähe Rasierapparate gibt, besorgen Sie mir einen, ebenso einen Rasierpinsel.«

Während er wartete, stützte er sich mit den Armen auf das Fensterbrett und sog die kalte, würzige Luft wie Quellwasser ein. Das also war der Hafen, der ihm bei Nacht so finster und schmierig vorgekommen war? Und jenes das Haus des Richters? Und die Holzbaracken am Wasser ...

Alles versetzte ihn in begeistertes Staunen. Die Baracken beispielsweise waren hell, weiß, blau, grün gestrichen. Das Haus des Richters war ganz weiß, mit blaßrosa Ziegeln gedeckt. Ein uraltes Haus, das wohl im Laufe der Jahrhunderte so manches Mal umgebaut worden war. Zum Beispiel entdeckte er neben dem Fenster der Obstkammer zu seiner Überraschung eine große Terrasse, auf deren Balustrade an jeder Ecke ein riesiger grüner Fayencetopf stand.

Jenseits des Gartens befand sich etwas tiefer eine Bruchbude, ebenfalls weiß, einstöckig, wohl mit zwei Zimmern, davor ein Gärtchen mit Gatter und einer Leiter an einem Apfelbaum. War das nicht Didine höchstpersönlich, die da mit weißer Haube auf der Schwelle stand, die Hände über dem Leib gefaltet, und in Maigrets Richtung spähte?

Die Muschelzüchter kehrten bereits zurück. Zwanzig Boote, dreißig Boote, seltsame, flache Gefährte, Leichter genannt, legten am Kai an, und Körbe über Körbe voll bläulicher Muscheln wurden auf große, knatternde Lastwagen geladen.

»Ich habe nur einen Rasierapparat im Sonderangebot gefunden, für drei Francs fünfzig, aber der Kaufmann behauptet...«

Dann her damit! Maigret war nicht mehr schläfrig. Er fühlte sich so frisch, als hätte er die ganze Nacht in seinem Bett verbracht. Einen Schluck Weißen im Speisesaal vor dem Weggehen? Warum nicht?

»Soll ich Ihnen nicht die Schuhe putzen?«

Aber gewiß! Nur keinen Schmutz! Alles schön sauber! Er konnte sich ein Lächeln nicht verkneifen, als er Inspektor Méjat von weitem entdeckte; er sah aus wie ein durchnäßtes Hähnchen, das seine Federn in der Sonne trocknet.

»Nichts Neues, Junge?«

»Gar nichts, Chef. Zwei Frauen sind angekommen, eine alte und eine junge. Die Putzfrauen, nehme ich an. Da, sehen Sie...«

Die drei Fenster im Erdgeschoß standen offen. Sie gehörten zur Bibliothek, wo Maigret und der Richter einen Teil der Nacht vor dem Kamin verbracht hatten. Eine alte Frau mit weißer Haube schüttelte die Brücken aus, und feiner goldfarbener Staub zerstob in der Sonne.

»Der Richter?«

»Unsichtbar. Ebenso das Fräulein. Aber da ist dieser häßliche Vogel, der unaufhörlich auf mich eingeredet hat...«

Maigret blickte in die angedeutete Richtung und sah seinen Zöllner, der im hellen Sonnenschein noch mehr schielte als in der Nacht. Er hoffte, daß man ihn rufen würde, und wartete nur auf ein Zeichen, um herbeizueilen.

»Bleib hier, bis ich zurückkomme. Ich brauche nicht lange.«

»Kann ich nicht wenigstens eine Tasse Kaffee trinken gehen?«

Genehmigt! Maigret war in Gönnerlaune. Kurz darauf betrat er die Räume der Gendarmerie, machte sich mit dem Wachtmeister bekannt.

»Als erstes muß ich telefonieren. Würden Sie mich bitte mit der Staatsanwaltschaft in La Roche-sur-Yon verbinden?«

Der Staatsanwalt war noch nicht im Hause. Sein Vertreter hörte sich den Bericht an, war einverstanden. Dann kam Luçon dran. Danach noch zwei oder drei weitere Telefonate.

Zum Kuckuck! Maigret würde es ja wohl noch schaffen, den Laden hier in Schwung zu bringen. Ein bißchen Heimweh hatte er schon. In Paris hätte er sein ganzes Team um sich gehabt, brauchbare Leute, die seine Methoden kannten, bei denen nicht viele Worte nötig waren, Lucas, der avanciert war, Janvier, Torrence, die vom Erkennungsdienst.

Hier mußte er bis Mittag auf das Eintreffen des Fotografen warten, und der Gendarm, den man in der Nähe des Richterhauses postiert hatte, musterte die Passanten mit derart wilden Blicken, daß man im Café an der Ecke etwas zu wittern begann.

Maigret läutete. Die Alte öffnete.

»Ich sehe nach, ob der Richter Sie ...«

»Lassen Sie ihn eintreten, Elisa.«

Er war in dem großen Zimmer, wo makellose Ordnung herrschte und die Sonne durch die drei Fenster hereinschien.

»Ich bin gekommen, um die Leiche zu fotografieren. Sie haben sie doch hoffentlich in der Waschküche gelassen?«

»Ich übergebe Ihnen gleich den Schlüssel. Ich habe abgeschlossen, weil ich verhindern wollte, daß die Putzfrauen ...«

»Sie wissen nichts?«

»Noch nicht. Ich hielt es für besser ...«

»Ist Ihre Tochter aufgestanden?«

Was für eine Frage! Hörte Maigret sie denn nicht im ersten Stock Klavier spielen?

»Sie weiß ebenfalls nichts?«

»Nicht das geringste.«

Wohl noch nie war Maigret ein ähnlicher Widerstand gegen das Drama begegnet.

Da war ein Mann mit erlesenen Umgangsformen, ein friedfertiger, gebildeter Mensch, der nach einer Bridgepartie seinen hünenhaften Sohn auf der letzten Treppenstufe sitzend vorfindet. Das erscheint ihm völlig natürlich!

Am nächsten Morgen stößt er eine Tür auf und entdeckt eine unbekannte Leiche, die Leiche eines Ermordeten.

Er muckst sich immer noch nicht, redet zu keinem Menschen darüber, macht den gewohnten Spaziergang mit seiner Tochter.

Er wartet auf einen günstigen Tidenhub. Er näht die Leiche in Säcke ein. Er...

Die Polizei ist bei ihm. Sein Sohn taucht plötzlich auf, hektisch. Man bricht die Zimmertür seiner Tochter auf. Man stellt fest, daß ein Mann einen Teil der Nacht in diesem Zimmer verbracht hat.

Er bleibt gelassen. Die Leute erscheinen wie üblich, und es wird in aller Ruhe Hausputz veranstaltet. Das junge Mädchen, dessen Brust entblößt gewesen war, spielt Klavier. Der Vater begnügt sich damit, die Tür zur Waschküche, wo sich die Leiche befindet, abzusperren...

Der Fotograf arbeitete, und der Richter sah ihm dabei zu, als wäre es das Natürlichste von der Welt, einen Toten hinzusetzen und ihn so lebendig wie möglich erscheinen zu lassen.

»Nehmen Sie zur Kenntnis«, brummte Maigret, »daß die Staatsanwaltschaft gegen fünfzehn Uhr eintrifft. Bis dahin wünsche ich, daß Sie das Haus nicht verlassen. Das gleiche gilt für Mademoiselle Forlacroix.«

Sieh mal an! Warum kam ihm das komisch vor, daß

er »Mademoiselle Forlacroix« gesagt hatte? Weil er sie in ihrem Bett gesehen hatte und ihre Brust aus dem Nachthemd gerutscht war? Weil ein Mann Schmutzspuren in ihrem Zimmer hinterlassen hatte?

»Darf ich Sie fragen, Kommissar, ob mein Sohn mit Ihnen gesprochen hat? Möchten Sie vielleicht ein Glas Portwein?«

»Danke. Ihr Sohn hat mir bloß einen gewissen Marcel Airaud gezeigt. Kennen Sie ihn?«

Die Augenlider des Richters flatterten, er kniff die Nasenflügel leicht zusammen.

»Sie denken also auch, daß dieser Marcel sich im Zimmer Ihrer...«

Eine Stimme, sehr leise, wie ein Hauch:

»Ich weiß nicht.«

Die Tür zur Bibliothek stand offen. Holzscheite loderten.

»Würden Sie einen Augenblick hereinkommen?«

Das war eine Bitte. Er ließ den Fotografen an der Tür zurück.

»Sie haben verstanden, nehme ich an?«

Maigret sagte weder ja noch nein. Eine mißliche Situation, vor allem, wenn man den Vater vor sich hat.

»Ihretwegen bin ich von Versailles weggezogen und habe mich hier niedergelassen. Das Haus ist seit langem in Familienbesitz, wir sind früher manchmal im Sommer für einen Monat hergekommen.«

»Wie alt war sie da?«

»Sechzehn. Die Ärzte haben mir gesagt, daß man immer häufiger mit Anfällen rechnen müsse. Zu anderen Zeiten ist sie völlig normal.«

Er wandte den Kopf ab. Dann fuhr er achselzuckend fort:

»Ich habe Ihnen das nicht gleich erzählt. Ich weiß selber nicht, was ich mir erhoffte ... Sie verstehen doch jetzt, wieso es besser gewesen wäre, wenn das Meer die Leiche fortgeschwemmt hätte? Man wird behaupten ... Gott weiß, was sich die Leute alles einbilden werden! Abgesehen davon, daß dieser Schwachkopf Albert ...«

»Was wollte er denn an jenem Abend?«

Zu spät. Die Gemütsbewegung des Richters war bereits verflogen. Ein paar Augenblicke lang hatte es den Anschein gehabt, er sei weich geworden und wolle sein Herz ausschütten.

Lag es an Maigrets gezielter Frage? Er betrachtete ihn mit seinen kalten Augen, die in der Sonne fast farblos wirkten.

»Nein! Das hat nichts damit zu tun. Es ist völlig unwichtig. Möchten Sie wirklich keinen Portwein? Ein portugiesischer Freund, der ...«

Ein Freund schickte ihm Armagnac, ein anderer Portwein. Schien er nicht darauf bedacht, sich jeden erdenklichen Genuß zu gönnen?

Durch den Vorhangspalt entdeckte er plötzlich den patrouillierenden Gendarmen und lachte nervös auf.

»Meinetwegen?«

»Sie wissen, daß ich nicht umhin kann ...«

Da seufzte er und erklärte unvermittelt:

»Das alles ist höchst bedauerlich, Kommissar! Schließlich ...«

Über ihnen wurde unermüdlich weiter Klavier gespielt, und die Chopin-Akkorde harmonierten wunderbar mit der Atmosphäre dieses großbürgerlichen Hauses, in dem es sich so angenehm hätte leben lassen.

»Bis gleich!« stieß Maigret plötzlich hervor wie jemand, der einer Versuchung entflieht.

Die vom Fang zurückgekehrten Männer füllten den Speisesaal im Hôtel du Port. Hatte jemand geredet? Jedenfalls richteten sich alle Blicke auf Maigret, als er sich mit Méjat an einen Tisch setzte und zu Mittag essen wollte.

Ihre Kleider aus blauem Segeltuch, die von Regen und Meerwasser ausgewaschen worden waren, hatten prächtige Schattierungen, Thérèse, das Hausmädchen, war ganz aufgeregt, und als Maigret ihrem Blick folgte, erkannte er in einer Gruppe Marcel Airaud, der ein Glas Rosé trank.

Ein kräftiger Bursche, etwa fünfundzwanzig, plump wie alle hier, was durch die Gummistiefel noch verstärkt wurde, ruhiger Blick, langsame Bewegungen.

Die eben noch lauten Gespräche waren verstummt. Die Männer drehten sich zu Maigret um. Dann tranken sie einen Schluck, wischten sich den Mund ab, bemühten sich, irgend etwas zu sagen, egal was, um das peinliche Schweigen zu brechen.

Ein Alter verabschiedete sich, danach noch einer.

»Auf geht's zum Essen! Die Alte meckert bestimmt schon!«

Marcel blieb unter den letzten, einen Ellbogen auf den Tisch, eine Wange in die Hand gestützt. Thérèse fragte Maigret:

»Mögen Sie Mouclade?«

»Was ist das denn?«

»Muscheln mit Sahne. Eine Spezialität hier.«

»Sahne vertrage ich nicht«, verkündete Méjat.

Als sie sich entfernte, stand Marcel auf einmal da. Er zog sich einen Stuhl mit Strohsitz heran, ließ sich rittlings nieder, tippte an den Schirm seiner Mütze.

»Kann ich Sie einen Augenblick sprechen, Herr Kommissar?«

Keine Unterwürfigkeit. Auch keine Angeberei. Er war ganz ungezwungen.

»Woher wissen Sie, daß ich Kommissar bin?«

Er zuckte nur mit den Achseln.

»So heißt es. Seit wir vom Fang zurück sind, reden die Leute.«

Es saßen nur noch zwei Fischer in einer Ecke, die aus der Ferne zuhörten. Aus der Küche drang Tellergeklapper.

»Ist es wahr, daß im Haus des Richters ein Mann ermordet worden ist?«

Unter dem Tisch stieß Méjat seinen Chef mit dem Knie an. Dieser hob mit vollem Mund den Kopf und blickte ruhig auf seinen Gesprächspartner, der die Augen nicht niederschlug.

»Es ist wahr.«

»In der Obstkammer?«

Jetzt bildeten sich so etwas wie Tautröpfchen auf seiner Oberlippe.

»Sie kennen die Obstkammer?«

Der Mann antwortete nicht, er warf nur einen kurzen Blick auf Thérèse, die mit den dampfenden Muscheln kam.

»An welchem Tag ist das passiert?«

»Sie sollten mir zuerst eine Frage beantworten. Um wieviel Uhr sind Sie vergangene Nacht nach Hause gekommen? Sie wohnen doch bei Ihrer Mutter, nicht wahr?«

»Hat Albert was gesagt?«

»Ich habe Ihnen eine Frage gestellt.«

»Es war gerade erst zwölf.«

»Verlassen Sie das Haus des Richters immer so früh?«

Er sah wieder kurz hoch, diesmal zur Küche, wo Thérèse gerade vor ein paar Minuten verschwunden war.

»Kommt drauf an.«

Ein Jammer, daß sich das ausgerechnet bei der Mouclade abspielen mußte, sie war ein Meisterwerk! Unwillkürlich versuchte Maigret herauszufinden, wonach sie schmeckte... was war das bloß... eine winzige Spur... nur ein Hauch...

»Und am Dienstag?« erkundigte er sich.

»Dienstag bin ich nicht dort gewesen.«

Maigret runzelte die Stirn, saß einen Moment regungslos, mit leerem Blick da, dann sagte er plötzlich triumphierend:

»Curry! Ich gehe jede Wette ein, da ist Curry drin...«

»Sie glauben mir nicht?«

»Wegen Dienstag? Da bin ich überfragt, mein Junge. Wie soll ich das jetzt schon wissen?«

»Ich bin bereit, Ihnen zu schwören...«

Gewiß, am liebsten würde man auch ihm glauben!

Genauso wie man am liebsten auch dem Richter glauben würde! Und wie man instinktiv Albert glaubte!

Aber schließlich war die Leiche nicht von allein dorthin gekommen!

4

Vor den Augen der Republik

Letzten Endes konnte Maigret sich nicht beklagen. Alles verlief gut, ja sehr gut, und Monsieur Bourdeille-Jaminet ließ sich gar zu ein paar genuschelten Silben herab, die wohl Glückwünsche bedeuten sollten.

Maigret selbst hatte das Gemeindeamt gewählt, denn die Gendarmerie war wirklich zu finster, und dort roch es nach altem Leder, Kohlsuppe und ungewaschenen Gören. Der Saal im Gemeindeamt war geräumig, mit frisch gekalkten, leuchtend weißen Wänden. In einer Ecke befand sich eine Fahne, auf dem Kamin eine Büste der „Republik“, auf der grünbespannten Tischplatte ein Stapel Familienstammbücher.

Die Herren trafen in zwei Wagen ein, zuerst Staatsanwalt Bourdeille-Jaminet, der so groß war, daß sein Blick gar nicht bis zur Erde zu reichen schien, dann sein Stellvertreter und ein Untersuchungsrichter, dessen Namen Maigret nicht verstand, ein Protokollführer, der Gerichtsarzt, ein Inspektor.

Aus Luçon waren weitere Gendarmen gekommen, die es für notwendig hielten, eine regelrechte Straßensperre zu errichten, so daß die Leute auch zusammengeströmt wären, wenn sie noch nichts gewußt hätten.

Die Leiche war bereits im Hof. Der Gerichtsarzt hatte die Erlaubnis erbeten, im Freien zu arbeiten. Man hatte die Stützböcke hergeschleppt, die bei Banketten verwendet wurden. Endlich war Doktor Brénéol erschienen, höchst aufgeregt. Er war ein entfernter Verwandter des Staatsanwalts. Sie tauschten Höflichkeiten aus, plauderten über das Testament einer Großkusine.

Alle rauchten. Jenseits der Glastür lag der Festsaal, in dem noch die Papiergirlanden vom letzten Ball hingen und die Bänke für die Mütter an den Wänden standen.

»Entschuldigen Sie, meine Herren... Darf ich Sie bitten, verehrter Kollege...«

Die Ärzte waren im Hof, die Richter im Saal, der Protokollführer saß vor einem Berg Papiere. Der Bürgermeister wartete mit wichtiger Miene an der Tür und schwatzte mit einem Gendarmen der unteren Dienstgrade.

Mitunter fragte sich Maigret, ob man überhaupt je zur Sache kommen würde, so weit hatten alle das Drama von sich geschoben. Der Richter erzählte eine Geschichte von seiner Entenjagd im vergangenen Winter an der Landspitze von Aiguillon.

»Wie wär's, wenn wir beide schon mal anfingen?« raunte Maigret dem Protokollführer zu.

Er diktierte ganz leise, um diese Herren nicht zu stören. Was gab es Neues seit dem Morgen? Eigentlich gar nichts, außer daß Thérèse den Reisenden, der am Dienstag aus dem Bus gestiegen war, wiedererkannt hatte. Eben hatte ihn auch der Busfahrer wiedererkannt, er konnte sich allerdings nicht erinnern, ob der Mann in Luçon oder in Triaize zugestiegen war.

Die Fotos waren in sämtliche Richtungen verschickt

worden. Alle Gendarmen sollten einen Abzug bekommen, ihn in Gasthöfen und Hotels herumzeigen. Die Zeitungen würden das Foto am folgenden Morgen veröffentlichen. Kurz und gut, der gewohnte Trott.

»Das wird gewiß eine schöne Untersuchung unter Ihrer Leitung, Kommissar!« sagte der Richter freundlich, als habe er Maigret eine gute Note gegeben.

Die Ärzte kamen zurück, sie schienen unbeeindruckt und wuschen sich die Hände in dem Waschbekken hinter dem Schreibtisch des Bürgermeisters. *Stumpfer Gegenstand*, wie vermutet... Der Schlag war sehr heftig gewesen, die Schädeldecke zertrümmert worden... Die Untersuchung der Eingeweide sollte später stattfinden...

Ein gesunder Bursche... Die Leber etwas vergrößert... War wohl gutes Leben gewöhnt...

»Ich bin sicher, mein lieber Staatsanwalt, daß mein Freund Forlacroix, mit dem ich an jenem Abend noch Bridge gespielt habe, mit dem Verbrechen nichts zu tun hat.«

»Wie wär's, wenn wir jetzt zu ihm gingen, meine Herren?«

Und zwar zu Fuß, denn es lohnte sich nicht, mit dem Auto zu fahren. So setzte sich der Zug in Bewegung, gefolgt von der Bevölkerung! Und im heitersten Sonnenschein...

»Bitte nach Ihnen, Herr Staatsanwalt.«

Die Tür ging auf, bevor sie noch geläutet hatten. Die alte Elisa bat die Herren herein. Richter Forlacroix stand bescheiden in einer Ecke des großen Zimmers, und das war irgendwie peinlich; man wußte nicht recht, ob man ihn begrüßen, ihm die Hand drücken sollte ...

»Die Schlüssel stecken an den Türen ...«

Maigret entdeckte das junge Mädchen, Lise, in einem Sessel. Sie sah alle mit großen verwunderten Augen an. Ein letzter Sonnenstrahl ließ eine rote Haarsträhne aufleuchten. Sieh an! In der Nacht hatte er gar nicht bemerkt, daß sie rote Haare hatte, flammend rote Haare.

»Wenn Sie bitte vorangehen würden, Kommissar«, seufzte der Staatsanwalt, ganz Mann von Welt, der sich entschuldigt, bei Leuten einzudringen, und es möglichst schnell hinter sich bringen will.

»Hier entlang... Dies ist das Zimmer des jungen Mädchens. Das des Richters liegt am Ende des Flurs. Und das hier ist die Obstkammer.«

Sechs Männer in Hut und Mantel sahen sich um, beugten sich vor, faßten einen Gegenstand an, schüttelten den Kopf.

»In diesem Wandschrank befindet sich Werkzeug. Da ist ein Hammer, den der Mörder benutzt haben könnte, aber ich konnte daran keinen einzigen Fingerabdruck feststellen.«

»Handschuhe?« meinte der Staatsanwalt von oben herab, als habe er etwas sehr Intelligentes gesagt.

Es war ein wenig wie bei einem Zwangsverkauf in einem Privathaus. Wollte man das Zimmer des Richters besichtigen? Maigret öffnete die Tür. Ein Raum mittlerer Größe, sparsam, aber geschmackvoll möbliert. Immer wieder diese Mischung von fast bäuerlicher Schlichtheit und Raffinement.

Inspektor Méjat war draußen. Maigret hatte ihn damit betraut, die Schaulustigen zu observieren, die Reaktionen gewisser Personen zu beobachten, Gespräche zu belauschen. Didine stand in der vordersten Reihe, schüttelte den Kopf, empört, weil sie in der Menge stehen mußte, sie, die doch dies alles ins Rollen gebracht hatte.

Der Untersuchungsrichter und der Staatsanwalt unterhielten sich leise in einer Ecke. Der Staatsanwalt nickte zustimmend. Er näherte sich Maigret.

»Wie ich höre, wünschen Sie, daß man ihn vorläufig auf freiem Fuß läßt, wenigstens für zwei bis drei Tage. Eine heikle Sache, nicht wahr, äußerst heikel, denn zumindest das Verbergen der Leiche ist ja erwiesen. Aber bitte, wenn Sie die Verantwortung übernehmen. Ihr Ruf... Sie bekommen einen Haftbefehl. Vielleicht auch noch eine Blankoausfertigung, nicht wahr?«

Befriedigt kniff er die Augen zusammen, was seine Art zu lächeln war.

»Also dann, meine Herren...«

Sie brachen auf. Die Arbeit war getan. Doktor Brénéol wollte noch bei seinem Freund Forlacroix bleiben. Die anderen gingen zu den Autos zurück, zogen die Hüte und schüttelten sich die Hände.

Maigret atmete tief durch.

Endlich konnte er mit seiner Untersuchung beginnen!

Sie verstellte ihm den Weg, kratzbürstig, mit zusammengekniffenen Lippen.

»Wenn Sie ja mal zu mir kämen, könnte ich Ihnen vielleicht einiges erzählen.«

»O ja, Madame Didine! Und wissen Sie was... ich komme noch heute abend bei Ihnen vorbei.«

Sie zog ab, zerrte ihr Umschlagtuch eng über der Brust zusammen. Da und dort standen Leute in Gruppen herum. Alle sahen sich nach Maigret um. Kinder liefen ihm nach, eines stapfte hinter ihm her und machte den schweren Gang des Kommissars nach.

Eine kleine Welt drehte sich weiter. Nachdem die Formalitäten erledigt und die Justizbeamten wieder abgefahren waren, nahm das Dorfleben seinen gewohnten Lauf, nur daß jetzt auch Maigret dazugehörte. Was sollte er die Kinder verscheuchen. Man würde sich an ihn gewöhnen!

Er sah den Bürgermeister in der Tür stehen und ging hinüber, um ihn kurz zu begrüßen.

»Ich dachte gerade, Sie haben doch bestimmt eine Menge Arbeit... Wenn Sie wollen, gebe ich Ihnen den Schlüssel vom Gemeindeamt.«

Eine glänzende Idee! Der weißgetünchte Raum war gemütlich, und Maigret eilte sofort hin, um sich einzugewöhnen und es sich bequem zu machen. Rechts stand der Ofen. Den würde er jeden Morgen anmachen lassen und das Feuer schüren. Hier war ein Platz für seine Pfeife, für seinen Tabak. Das Fenster ging auf einen Hof hinaus, in dem eine Linde stand, vor dem Tor lag die Straße, die zum Meer führte.

Wer kam denn da angelaufen? Ach so, nur Méjat. Er trat ein, atemlos.

»Hören Sie, Chef, ich habe, glaube ich, was Neues. Marcel Airaud...«

»Was ist los mit ihm?«

»Also die Leute reden über ihn. Er scheint vorhin direkt von Ihnen zu seinem Boot gegangen zu sein. Das hat einen Motor. Er wurde dabei beobachtet, wie er mit seinem Boot auf das Ende der Bucht zusteuerte, Richtung Pont du Brault. Aber dort hatte er um diese Zeit gar nichts zu suchen, da geht man nicht auf Fischfang.«

Auf dem Tisch stand ein Telefon. Maigret hob den Hörer ab.

»Hallo, Mademoiselle. Ist Pont du Brault telefonisch erreichbar? Es gibt dort nur ein Haus, sagen Sie? Einen Gasthof? Würden Sie mich bitte verbinden? Ja, Kommissar Maigret. Ich bin im Gemeindeamt und werde Sie noch oft bemühen.«

Er betrachtete die Glühbirne, die nur ein gelbliches Licht verbreitete.

»Beschaffe uns eine 100-Watt-Birne, Méjat. Hallo! Ist dort der Gasthof in Pont du Brault? Ich möchte Sie um eine Auskunft bitten, Madame. Nein, hier spricht nicht der Bierhändler... Haben Sie heute nachmittag ein kleines Motorboot gesehen? Ja, aus Aiguillon. Es hat vor Ihrem Haus festgemacht, sagen Sie? Ein Fahrrad? Hallo! Nicht trennen, ich spreche noch... Er hat bei Ihnen ein Glas Wein getrunken? Sie wissen nicht, wohin er unterwegs ist? In Richtung Marans? Vielen Dank, Madame. Ja, falls er zurückkommt, rufen Sie sofort das Gemeindeamt in Aiguillon an.«

Er eilte zur Tür. In der einbrechenden Dunkelheit hatte er den Inspektor erkannt, der gerade nach Luçon zurückfahren wollte.

»Inspektor! Würden Sie bitte einen Moment hereinkommen? Sie kennen doch sicher Pont du Brault? Wie sieht's dort aus?«

»Das liegt ganz dort hinten, mitten im Marschland. Vom Ende der Bucht führt ein Kanal nach Marans, zehn Kilometer landeinwärts. Da gibt's höchstens alle drei Kilometer mal eine Hütte.«

»Würden Sie bitte das Gelände von Ihren Leuten durchkämmen lassen? Ich muß unbedingt einen gewissen Marcel Airaud wiederfinden, das ist ein Riesenkerl, so einen Meter achtzig, mit einem prachtvollen Fischerschädel, der kann gar nicht unbemerkt bleiben. Er ist von hier mit seinem Boot weggefahren und hat es beim Gasthof in Brault festgemacht. Er ist mit dem Fahrrad weiter.«

»Sie denken, daß ...?«

»Zum Denken ist es noch zu früh, Inspektor! Ich kann mich doch auf Sie verlassen?«

Sollte er Didine vor oder nach dem Abendessen aufsuchen? Er entschied sich für vorher. Es war Nacht geworden. Die Seilrollen begannen wieder zu knarren, und die Feuer der beiden Leuchttürme kreuzten sich.

Ein krummer Weinstock zog sich an der Mauer entlang. Tür und Fensterläden waren grün gestrichen.

»Kommen Sie rein, Herr Kommissar. Ich überlegte schon, ob ich Ihnen was angetan habe ...«

Die Katze sprang von einem Korbsessel. Hulot kam aus seiner Ecke hervor und nahm respektvoll seine lange Meerschaumpfeife aus dem Mund.

»Nehmen Sie Platz. Sie trinken doch sicher ein Gläschen. Justin, hol die Gläser aus dem Schrank!«

Sie wischte sie blank. Auf dem Tisch lag eine Wachstuchdecke, in der Ecke stand ein Bett, auf dem sich ein gewaltiges rotes Federbett türmte.

»Gib dem Kommissar den Sessel. Aber ja doch! Bei all der Aufregung habe ich doch mein Feuer ausgehen lassen! Sie können ruhig den Hut aufbehalten.«

Sie redete daher, aber man spürte, daß sie mit ihren Gedanken ganz woanders war und sehr genau wußte, worauf sie hinauswollte. Sie setzte sich nicht. Ihre Hände waren ständig in Bewegung und ihr selber im Weg. Da Maigret ihr nicht zu Hilfe kam, platzte sie schließlich mit der Frage heraus:

»Haben Sie das Kind gefunden?«

Was? Ein Kind gab es also auch noch in dieser Sache?

»Das habe ich mir schon gedacht, daß man Ihnen davon nichts sagen würde. Die Leute von hier sind nicht *gesprächig*, schon gar nicht bei Fremden. Das heißt nicht, daß sie nach einer Weile, wenn sie sich erst mal an Sie gewöhnt haben...

Ich jedenfalls stehe auf Ihrer Seite, wie ich schon zu Hulot gesagt habe.

Ich habe genau gesehen, wie Sie Thérèse ausfragten...«

Wie hatte sie das gesehen? Spionierte sie Maigret durch die Vorhänge nach? Sie war dazu imstande! Sie und ihr Mann mußten den Kommissar ja auf Schritt und Tritt verfolgen und sich über sein Tun und Treiben bis ins kleinste auf dem laufenden halten.

»Alte Leute wie wir, die nichts zu tun haben, denen bleibt viel Zeit zum Nachdenken, verstehen Sie? Noch ein Gläschen? Aber ja doch! Das hat noch keinem geschadet. Du nicht, Justin. Du weißt genau, daß du's nicht verträgst.«

Und sie schob die Flasche aus der Reichweite ihres Mannes.

»Wie alt schätzen Sie Thérèse? Wenn man sie so sieht, würde man sie für blutjung halten; aber sie muß über dreiundzwanzig sein. Würde mich nicht wundern, wenn sie schon vierundzwanzig wäre. Na ja, mit sechzehn hat sie angefangen, hinter Marcel herzulaufen. Ja! Ich hab's genau gesehen, wie der auch mit Ihnen geredet hat. Gut gebaut, wie er ist, und betucht obendrein – zwei Häuser, Muschelzäune und so weiter –, kann der jede Menge Mädchen kriegen. Thérèse, die ist doch gar nichts. Ihre Mutter geht im Sommer bei den Villen drüben auf der anderen Seite hausieren mit Muscheln und Austern.

Jedenfalls hat sie ihn rumgekriegt. Vor drei Jahren, da haben's alle gemerkt, daß sie schwanger war.

Aber solche Leute haben ja ihren Stolz! Sie ist weggegangen, angeblich, um in der Stadt zu arbeiten. Als sie nach ein paar Monaten zurückgekommen ist, da war sie dünn geworden, das schwör ich Ihnen!

Und ich weiß auch, wo sie jeden Monat an ihren zwei freien Tagen hinfährt. Nach Luçon, dort hat sie nämlich ihr Kind bei einer Bahnwärterin in Pflege.

Na, was sagen Sie dazu?«

Du lieber Himmel, zunächst noch gar nichts. Thérèse und Marcel. Also gut! Thérèse hielt ihn...

»Was ich Ihnen da erzähle, liegt drei Jahre zurück, vergessen Sie das nicht! Inzwischen pflegt Marcel die Nächte im Haus des Richters zu verbringen. Das haben

Sie ja vermutlich herausgefunden. Vor ihm hat's auch schon andere gegeben. Vielleicht sogar nach ihm. Aber wissen Sie, was ich glaube, bei ihm war das nicht dasselbe wie bei den andern. Die haben nur an ihr Vergnügen gedacht. Wie Männer eben sind...«

Ein wohlgezielter boshafter Seitenblick auf ihren Zöllner, der noch heftiger schielte, als er eine Unschuldsmiene aufsetzte.

»Marcel, der war verliebt, da bin ich sicher, und ich wette, er hätte sie auch geheiratet, wenn das gegangen wäre, auch wenn sie nicht ganz normal ist.

Und jetzt setzen Sie mal den Fall, Thérèse hätte einen Bekannten aus Luçon kommen lassen, einen Mann, der sie rächen sollte. Das Haus des Richters ist doch wie ein Taubenschlag, da kann jeder rein. Sehen Sie mal, da drüben... es ist dunkel, aber man kann die weiße Terrasse erkennen. Da raufzuklettern, das bringt jeder fertig. Von dort kommt man über das Steinsims in die Obstkammer, das Fenster steht fast immer halb offen. Da kann er seine Tochter einschließen, soviel er will, vergebene Liebesmüh.«

Maigret zuckte zusammen, als er sich plötzlich klar wurde, welche Richtung seine Gedanken nahmen. Während er der Alten zuhörte, deren Stimme ihm wie ein Raunen ans Ohr klang, hatte er da nicht die wildesten Phantasien entwickelt, die vielleicht noch etwas formlos waren, aber jederzeit feste Gestalt annehmen konnten, wenn er nicht aufpaßte?

»*...das Haus des Richters ist doch wie ein Taubenschlag...*«

Er sah sie noch vor sich, die alte Didine, wie sie in

seinem Büro in Luçon gesessen hatte, er hörte ihre klare, deutliche Stimme, wie sie mit geradezu verblüffender Präzision das Drama geschildert hatte, obwohl sie doch gar nicht zugegen gewesen war.

Ihre einwandfreie Argumentation! Die ganz genaue Berechnung der Gezeiten! Eine Leistung, auf die ein Berufspolizist hätte stolz sein können ... Und diese Überwachung mit verteilten Rollen, der eine war für die Rückfront des Hauses zuständig, der andere für die Fassade ... Sogar ein Fernglas hatten sie gehabt!

Und doch war es unglaubhaft. Er mußte diese Ideen verscheuchen, hier dieses Zimmer armer Bauern betrachten, dieses Bett, das Plumeau, die klobigen Gläser auf dem Tisch mit der Wachstuchdecke, die weiße Haube von Didine ...

»Mit einem Wort, Sie kennen den Richter erst, seitdem er sich hier niedergelassen hat?«

Es hatte geklickt, da war er sicher. Ein kaum wahrnehmbarer Schock, ein Zittern der überreizten Muskeln.

»Das kommt darauf an, wie Sie das meinen. Gekannt hab ich ihn schon als ganz kleines Mädchen. Ich bin in dem Haus gegenüber vom Gemeindeamt geboren. Der Richter hat seine Ferien immer bei seinem Vetter verbracht. Als der gestorben ist, hat er das Haus geerbt ...«

»Kam er nach seiner Heirat weiter her?«

»Nicht jedes Jahr«, entgegnete sie, plötzlich kurz angebunden.

»Kannten Sie seine Frau?«

»Vom Sehen, wie jeder hier. Sie war eine schöne Frau.«

»Wenn ich nicht irre, sind Sie etwa gleichaltrig mit Forlacroix?«

»Ich bin wohl ein Jahr jünger als er.«

»Sie sind mit Ihrem Mann nach Concarneau gezogen, und er hat sich in Versailles niedergelassen. Als Sie nach Aiguillon zurückgekehrt sind, lebte er in dem Haus und war bereits verwitwet...«

»Er ist nicht verwitwet«, erklärte sie da.

Maigret fuhr aus seinem Korbsessel hoch, der in den Fugen krachte.

»Seine Frau hat ihn verlassen, aber er ist nicht verwitwet.«

»Sind Sie da ganz sicher?«

»Ich bin sicher, daß er noch vor einem Monat nicht verwitwet war, weil ich sie nämlich mit eigenen Augen gesehen habe, so wie ich Sie jetzt sehe... Sie ist aus einem Wagen gestiegen und hat an seiner Tür geläutet. Sie haben ein paar Sekunden im Korridor zusammen gestanden, und dann ist sie wieder weggefahren.«

Er rechnete fast damit, daß sie ihm die Wagennummer nannte. Das wäre zu schön gewesen!

»Da sind Sie selber schuld, daß Sie das alles nicht schon früher erfahren haben. Statt überall rumzurennen, ohne zu mir zu kommen oder mit meinem Mann zu reden... Jetzt kann ich's Ihnen ja ruhig sagen, er war ganz geknickt, stimmt doch, Justin? Du brauchst dich beim Kommissar nicht zu genieren. Er weiß, was es heißt, frei von der Leber weg zu reden, und daß nur die Leute, die sich nichts vorzuwerfen haben, nicht hinterm Berg halten. Aber trinken Sie doch aus. Was möchten Sie noch wissen? Es ist ja nicht so, daß mir der

Atem ausgeht. Ich könnte Ihnen bis morgen früh so weitererzählen. Aber es muß mir nach und nach wieder einfallen.«

Es genügte. Es war sogar mehr als genug. Diese kleine Alte war von einem geradezu teuflischen Scharfsinn.

»Zum Beispiel der Arzt. Ich weiß nicht, ob Sie das interessiert, aber er ist der beste Freund des Richters. Haben Sie seine Frau gesehen? Eine große Brünette, stark geschminkt, immer auffallend angezogen. Sie hat eine Tochter aus erster Ehe. Sie werden sie ja erleben. Sieht nach nichts aus, die Person. Trotzdem ist Doktor Brénéol ganz verrückt nach ihr und kutschiert sie ständig im Auto rum ohne seine Frau, so weit weg, wie's nur geht. Und dennoch hat sie jemand von hier – den Namen könnte ich Ihnen nennen – in La Rochelle aus einem Hotel rauskommen sehen...«

Maigret stand da, erschöpft wie nach einem langen Marsch.

»Ich komme bestimmt wieder bei Ihnen vorbei. Vielen Dank.«

Offenbar betrachtete sie sich von nun an ein wenig als seine Komplizin, denn sie streckte ihm die Hand hin und bedeutete ihrem Mann, es ihr nachzutun.

»Sie können jederzeit herkommen. Und verlassen Sie sich vor allem darauf, daß ich Ihnen nichts als die reine Wahrheit sage...«

Beim Richter war ein Fenster erleuchtet, im Zimmer von Lise. Lag sie schon im Bett? Er ging um das Haus herum. Die Putzfrauen waren um diese Zeit nicht mehr da. Zwei Menschen allein innerhalb dieser Mauern...

Im Hôtel du Port betrat er den bereits vertrauten Speisesaal und war frappiert von dem Blick, den Thérèse ihm zuwarf. Sie hatte wahrhaftig Angst! Versuchte sie nicht, in seinem Gesicht zu lesen, ob es etwas Neues gab?

Méjat hatte die Arme auf die Theke gestützt und trank in Gesellschaft des Wirts seinen Apéritif.

»Sagen Sie mal, Thérèse, war Ihnen bekannt, daß Marcel nach Marans mußte?«

»Nach Marans?« wiederholte sie wie jemand, der auf der Hut ist und sich nicht verraten will.

»Sie beide verstehen sich doch gut, deshalb habe ich mir gedacht, er hätte vielleicht mit Ihnen darüber gesprochen.«

»Er ist mir keine Rechenschaft schuldig.«

»Was gibt's zum Abendessen?«

»Suppe, Schollen und, wenn Sie mögen, ein Schweinekotelett mit Kraut.«

»Zu Tisch, Méjat!«

Der hatte Neues zu berichten. Das Opfer, dessen Foto bei sämtlichen Gastwirten in Luçon herumgezeigt worden war, hatte dort nirgends übernachtet. Man mußte abwarten. Vor allem die Zeitungen...

»Sind Sie denn gar nicht müde, Chef?«

»Ich lege mich gleich nach dem Essen hin, und vor acht Uhr früh stehe ich bestimmt nicht auf.«

Er hatte Hunger. Es gelang ihm, nicht zuviel nachzudenken, während er Thérèses Bewegungen verfolgte. Sie war ziemlich nichtssagend, nicht gerade gesund. Eine kleine Hotelbedienstete, schwarzes Kleid, schwarze Strümpfe, weiße Schürze, auf die man normalerweise keinen Blick verschwendet. Der Saal war leer. Die Männer saßen daheim bei der Suppe und würden erst nach dem Abendessen auf eine Stunde wieder herkommen.

Das Telefon schrillte. Der Apparat befand sich unter der Treppe. Thérèse nahm den Hörer ab.

»Hallo! Ja. Was hast du...?«

»Ist das für mich?« fragte Maigret.

Sie lauschte.

»Ja... Ja... Ich weiß nicht... Davon war nicht die Rede...«

»Was ist los?« erkundigte sich der Wirt aus der Küche.

Sie hängte hastig den Hörer ein:

»Nichts... Das war für mich...«

Maigret war schon am Apparat.

»Hallo! Hier Kommissar Maigret. Mademoiselle, können Sie mir sagen, woher das Gespräch kam, das Sie eben vermittelt haben? Was? Aus Marans? Stellen Sie die genaue Nummer fest und rufen Sie mich zurück.«

Er setzte sich wieder an den Tisch. Thérèse war ganz blaß und servierte wortlos. Kurz darauf klingelte es abermals.

»Aus einem Café? Café Arthur? Geben Sie mir die Gendarmerie in Marans, Mademoiselle. Hallo! Wachtmeister? Hier Kommissar Maigret. Laufen Sie schnell ins Café Arthur. Sie kennen es? Um so besser. Ein Mann hat gerade von dort telefoniert. Ein gewisser Marcel Airaud. Nehmen Sie ihn mit zur Gendarmerie und benachrichtigen Sie mich sofort.«

Drückende Stille. Koteletts, Kraut: Thérèse kam und ging, ohne Maigret ins Gesicht zu sehen.

Eine halbe Stunde verstrich. Dann läutete es.

»Hallo! Ja? Ach! Nein ... Warten Sie auf Instruktionen. Das ist alles.«

Pause. Thérèse wagte immer noch nicht, sich zu Maigret umzudrehen, dessen breiter Rücken unter der Treppe zu sehen war. Der Kommissar legte die Hand auf die Gabel, so daß er die Verbindung trennte, sprach aber dennoch weiter:

»Er ist verwundet? Bringen Sie ihn trotzdem ins Gefängnis nach Luçon. Danke. Guten Abend, Wachtmeister.«

Er ging schwerfällig zu seinem Platz zurück, seufzte, überlegte, ob er Käse nehmen sollte, zwinkerte Méjat zu, und sobald Thérèse in der Küche war, flüsterte er dem Inspektor ins Ohr:

»Der Kerl ist gleich nach dem Anruf abgehauen. Ich frage mich, was er ihr wohl gesagt haben mag ...«

5

Jemand möchte ins Gefängnis

War es so grausam? Sicher, Thérèse haßte ihn. Ab und zu warf sie ihm einen so finsteren Blick zu, daß Maigret unwillkürlich lächeln mußte, und dann fühlte sich das Mädchen verunsichert, sollte sie sich nun auf ihn stürzen und ihm das Gesicht zerkratzen oder einfach zurücklächeln?

Über eine Stunde ließ er sie zappeln wie einen Fisch. Was sie auch tat, ob sie dauernd in Bewegung war, in die Küche ging, an einer Tischecke zu essen versuchte, Gäste bediente – Maigrets ruhiger Blick verfolgte sie.

Oder fühlte sie sich von diesem Blick gerade angezogen? War dieser große und breitschultrige Mann, der da gelassen seine Pfeife rauchte und harmlos um sich sah, nicht eher ihr Freund als ihr Feind?

Sie fiel von einem Extrem ins andere, mal war sie schrecklich nervös, mal gehässig, dann wieder fast freundlich. Nach dem Abräumen fragte sie:

»Was trinken Sie?«

Doch kaum hatte sie den Calvados gebracht, stürzte sie hinaus auf den Gang. Als sie zurückkam, hatte sie verweinte Augen und schneuzte sich.

Ein paar Männer spielten Karten, und als sie sie bediente, ließ sie ein Glas fallen. In der Küche stand sie vom Tisch auf, ohne etwas angerührt zu haben.

Schließlich sprach sie mit der Wirtin. Man konnte von weitem nicht hören, was sie sagte, aber ihre Gesten waren vielsagend. Thérèse spielte krank. Sie blickte zur Decke. Die Wirtin zuckte die Achseln.

»Dann geh nur, mein Kind!«

Thérèse band die Schürze ab, sah sich überall um, ob nichts mehr herumlag und streifte Maigret mit einem flehentlichen Blick.

»Vor dem Schlafengehen solltest du dich vergewissern, Méjat, daß vor dem Haus des Richters noch ein Gendarm auf Posten steht, genauso hinter dem Haus, und auch die Wohnung des Sohnes von Forlacroix muß überwacht werden.«

Er erhob sich und ging die Treppe hinauf, wobei er sowohl das Geländer als auch die Wand berührte. Dieser ganze Gebäudeteil war neu, zu helles Holz, unverputzte Wände, die auf die Kleider weiß abfärbten.

Maigret betrat sein Zimmer und ließ die Tür offen. Nach ein paar Minuten begann er sich zu wundern und wurde fast ärgerlich, er warf einen Blick auf den Gang und lächelte.

Unten würde der Betrieb noch ein oder zwei Stunden weitergehen. Sollte Méjat sich ruhig sein Teil denken, wenn er die Stimme des Kommissars aus dem Zimmer des Mädchens hörte! Er trat ein. Sie stand da, hatte ihn schon erwartet. Ihr Nackenknoten war gelöst, und die dunklen Haarmassen, die jetzt ihr Gesicht umrahmten, ließen ihre Züge feiner, die Nase spitzer, aber auch den Blick weniger offen erscheinen.

Maigret setzte sich auf die Kante der eisernen Bettstelle und maß sie seelenruhig von Kopf bis Fuß, so daß sie schließlich gezwungen war, zu reden.

»Sie machen einen Fehler, wenn Sie sich so auf Marcel versteifen, glauben Sie mir, ich kenne ihn besser als jeder andere ...«

Sie suchte den richtigen Ton, wie eine Schauspielerin, fand ihn aber nicht.

»Der Beweis dafür ist, daß wir im Sommer heiraten wollten.«

»Des Kindes wegen?«

Sie zeigte kein Erstaunen.

»Des Kindes wegen und überhaupt ... Wir lieben uns eben. Ist das so was Besonderes?«

»Was Besonderes ist es schon, daß Sie erst jetzt an eine Legalisierung denken, nachdem das Kind schon drei Jahre alt ist. Sehen Sie mich an, Thérèse. Sie müssen mir glauben, daß Sie mit Lügen nicht weiterkommen. Was wollte Marcel am Telefon?«

Sie sah ihm lange ins Gesicht und seufzte.

»Vielleicht mache ich jetzt eine große Dummheit ... Er wollte wissen, ob man in den Taschen einen Zettel gefunden hat.«

»In wessen Taschen denn?«

»Wohl in denen des Toten.«

»Und das war die Frage, auf die Sie mit nein geantwortet haben?«

»Ich dachte, wenn etwas Wichtiges gefunden worden wäre, dann hätte ich es doch erfahren. Daß Marcel mich das gefragt hat, bedeutet doch noch lange nicht, daß er der Mörder ist. Ich kann Ihnen nur eines sagen, wir beide wollten heiraten.«

»Was ihn aber nicht hinderte, fast jede Nacht zu Lise Forlacroix aufs Zimmer zu gehen.«

»Nicht aus Liebe!«

»Seltsame Art, jemanden nicht zu lieben!«

»Sie wissen doch, wie Männer sind. Das hat nichts mit Liebe zu tun. Wie oft hat er mir das versichert. Es war eben ein Laster. Und er wollte davon loskommen, das hat er mir geschworen.«

»Stimmt doch nicht!«

Sie zuckte zusammen, wurde hart und vulgär.

»Wie können Sie behaupten, daß das nicht stimmt! Waren Sie vielleicht dabei? Dann stimmt es wohl auch nicht, daß ich ihn aus dem Haus des Richters kommen sah, und zwar nicht durchs Fenster, sondern durch die Haustür? Und daß der Richter ihn höflich verabschiedete? Und daß der alles ganz genau wußte? Finden Sie das jetzt vielleicht besonders anständig? Ich habe ein Kind in die Welt gesetzt, das ist wahr. Aber ich locke doch nicht die Männer in mein Zimmer...«

»Moment mal! Wann war das, daß Sie Marcel und den Richter zusammen gesehen haben?«

»Vor einem Monat vielleicht. Warten Sie... Es war kurz vor Weihnachten.«

»Und Sie behaupten, daß die beiden sich gut zu verstehen schienen? Was hat Marcel Ihnen denn erklärt, als Sie ihn zur Rede stellten?«

Jetzt log sie gleich wieder. Das sah man an ihrer Nasc, die zu zittern anfing.

»Er hat gesagt, ich sollte mich bloß nicht aufregen... es würde noch alles gut... in vier, fünf Monaten wären wir verheiratet und würden in ein Haus auf der anderen Seite der Wasserstraße ziehen, Richtung Charron, damit wir diese Leute hier nicht mehr sehen müßten. Er liebt mich, verstehen Sie? Er hatte überhaupt keinen Grund, einen Mann zu töten, den er nicht mal kannte.«

Man hörte Schritte auf der Treppe, im Flur, eine Tür. Méjat war zurückgekommen, er pfiff beim Ausziehen leise vor sich hin.

»Weiter haben Sie mir nichts zu sagen, meine kleine Thérèse? Denken Sie gut nach. Alle Ihre Aussagen sind halb Wahrheit und halb Lüge. Wegen all der Lügen werde ich auch die wahren Aussagen kaum zu Ihren Gunsten verwerten können.«

Er hatte sich erhoben. Er war zu groß und zu breit für das Zimmer. Und jetzt plötzlich, als er überhaupt nicht mehr darauf gefaßt war, warf sich ihm Thérèse an die Brust und schluchzte verzweifelt los.

»Schon gut! Ist ja gut!« beschwichtigte er sie wie ein Kind. »Es ist schon vorbei. Sagen Sie mir doch, was Sie auf dem Herzen haben.«

Sie schluchzte so heftig, daß Méjat gegenüber seine Tür einen Spalt breit aufmachte.

»Nicht so laut, mein Kind. Sie alarmieren noch das ganze Haus. Wollen Sie heute nicht reden?«

Sie schüttelte den Kopf, das Gesicht lag immer noch an Maigrets Brust.

»Da machen Sie einen Fehler. Aber wie Sie wollen! Gehen Sie jetzt zu Bett. Soll ich Ihnen vielleicht ein Schlafmittel geben?«

Wieder nickte sie wie ein Kind. Er ließ eine Tablette

in das Zahnputzglas fallen und etwas Wasser darüberlaufen.

»Morgen früh geht's wieder besser.«

Sie trank mit immer noch feuchten Augen und Wangen das Glas aus, und er nutzte die Gelegenheit, um rückwärts aus dem Zimmer zu gehen.

»Uff!« seufzte er, als er sich endlich in seinem Bett ausstreckte, das genau wie das Zimmer von Thérèse seinen Maßen nicht entsprach.

Am nächsten Morgen herrschte Frost, und die Sonne schien. Thérèse servierte ihm das Frühstück bockiger denn je. Méjat hatte beim Friseur von Aiguillon Brillantine aufgetrieben und verpestete die Luft.

Maigret machte eine kleine Runde. Er steckte die Hände in die Taschen und sah den Muschelzüchtern zu, die gerade zurückkehrten, betrachtete die Körbe voll Muscheln, das Meer, das in der Ferne grünlich blau war, die Brücke, die er nie ganz überquert hatte, jenseits lag ein wirklich bescheidenes Seebad mit ein paar hinter Kiefern versteckten Villen für Leute der mittleren Einkommensklasse.

Vor dem Haus des Richters schlug ein Gendarm die Füße gegeneinander. Die Fensterläden waren offen. Diese kleine Welt mit ihren Reizen wurde ihm allmählich vertraut. Einige Leute grüßten ihn, andere verfolgten ihn mit mißtrauischen Blicken. Er traf den Bürgermeister, der gerade Muscheln auf einen Lastwagen lud.

»Es sind schon Telegramme für Sie da. Ich habe sie Ihnen im Gemeindeamt auf den Tisch gelegt. Ich glaube, der Inspektor wartet auf Sie.«

Es war schon spät. Maigret hatte lange geschlafen. Gemächlich ging er jetzt in sein Büro, wie er früher in ruhigen Zeiten durch das Quartier Saint-Antoine und die Ile Saint-Louis zum Quai des Orfèvres gegangen war.

Die Gipsbüste der »Republik« stand an ihrem Platz. Der Ofen bullerte. Und es war wohl eine freundliche Idee des Bürgermeisters gewesen, eine verschlossene Flasche Weißwein und Gläser auf dem Schreibtisch bereitzustellen.

Der Inspektor war mit Maigret eingetreten. Dieser legte Hut und Mantel ab und wollte gerade eine Frage stellen, als er von einer wahren Salve von Kinderschreien angenehm überrascht wurde. Da, vor seinem Fenster hielt die ganze Schule in der Sonne große Pause. Da einige Pfützen gefroren waren, schlitterten die Kinder darüber, wobei ihre Holzschuhe jedesmal ein dumpfes Geräusch machten. Sie hatten rote, blaue, grüne Schals, Regenmäntel mit Kapuze, Umschlagtücher.

»Ich höre, Inspektor. Was ist mit Marcel Airaud?«

»Er wurde noch nicht gefunden. Das Marschland ist riesengroß, und bis man jede einzelne Hütte durchsucht hat... Manche Wege sind um diese Jahreszeit kaum begehbar. Einige Hütten sind so abgelegen, daß man sie nur mit dem Boot erreichen kann.«

»Und was ist mit dem Richter?«

»Völlige Ruhe. Kein Mensch hat das Haus verlassen, kein Mensch hat es betreten, bis auf die Putzfrauen heute früh.«

»Albert Forlacroix?«

»Morgens war er wie üblich auf Fang draußen. Einer

meiner Leute läßt ihn nicht aus den Augen. Er gilt nämlich als ziemlich gewalttätig und gerät bei jeder Kleinigkeit in Wut.«

War es nun leichtfertig, daß er sich den Rücken am Ofen wärmte und bedächtig die Pfeife anzündete, während auf dem Tisch gerade eingetroffene Telegramme lagen? Oder wollte er einfach in Ruhe überlegen, eines nach dem andern machen, erst einmal in Aiguillon alles regeln, bevor er sich mit dem befaßte, was anderswo geschehen war?

Das erste Telegramm war dann aber ausgerechnet von Madame Maigret.

Koffer mit Wäsche und Kleidung zum Wechseln per Bus unterwegs. Erwarte Nachricht. Küsse.

»Wann kommt der Bus hier an?«

»In ein paar Minuten.«

»Lassen Sie doch bitte einen Koffer auf meinen Namen abholen und im Hôtel du Port abgeben.«

Ein weiteres längeres Telegramm kam aus Nantes.

Bereitschaftspolizei Nantes an Kommissar Maigret.

Leichenfund Aiguillon identifiziert – stop – Doktor Janin, 35, wohnhaft Rue des Eglises, Nantes – stop – Hat 11. Januar Wohnung ohne Gepäck verlassen – stop – Ermittlungen gehen weiter – Erbitten Anruf zwecks weiterer Einzelheiten.

Der Inspektor kam zurück. Maigret reichte ihm das Telegramm und bemerkte gleichgültig:

»Er wirkte entschieden älter.«

Dann drehte er die Telefonkurbel, wünschte der Postbeamtin freundlich guten Tag und bat sie, ihn mit der Bereitschaftspolizei in Nantes zu verbinden.

Das war solide Arbeit, wie es sich gehörte! Also weiter! Ein drittes Telegramm kam aus Versailles, die Antwort auf eine Anfrage Maigrets.

Ehefrau Forlacroix, geborene Valentine Constantinesco, zuletzt wohnhaft Villa Roches-Grises, Rue Commandant-Marchand, Nizza.

»Hallo! Bereitschaftspolizei Nantes? Maigret am Apparat. Geben Sie mir... Guillaume? Aber ja, alter Freund. Es geht so. Ihr wart ganz schön fix. Ja, ich höre.«

Maigret machte sich nie Notizen. Wenn er einen Drehbleistift in der Hand und ein Blatt Papier vor sich hatte, kritzelte er nur Schnörkel, die nichts mit der Sache zu tun hatten.

»Emile Janin. Medizinische Fakultät in Montpellier. Sehr einfache Familie aus dem Roussillon. Interessantes Detail: zwei Jahre Assistenzarzt in Sainte-Anne. Also in Psychiatrie bewandert... Oh! Betont freiheitsliebend... Nahm eine Stellung als Marinearzt an. Welches Schiff? *Le Vengeur. Le Vengeur* hat vor drei oder vier Jahren eine Reise um die Welt gemacht. Das erklärt die in Panama gekauften Kleider. Immer wieder übermäßiger Freiheitsdrang. Ziemlich schlechte Beurteilung. Rückkehr ins Zivilleben. Läßt sich in Nantes nieder, wo er sich auf Psychoanalyse spezialisiert...«

»Hallo, Mademoiselle! Bitte ein dringendes Gespräch mit der Sûreté in Nizza, Alpes-Maritimes. Ich danke Ihnen. Aber ja, ich weiß doch, Sie tun Ihr möglichstes. Vor meiner Abreise bringe ich Ihnen Pralinen vorbei. Kandierte Maronen sind Ihnen lieber? Ich werde es mir merken.«

Und zum Inspektor gewandt:

»Ich glaube fast, ich werde die Blankoausfertigung meines Haftbefehls doch noch brauchen.«

Intuition? Er hatte noch nicht ausgeredet, als es wieder durchdringend klingelte. Die Kinder waren in die Klassenräume zurückgekehrt. Natürlich war noch nicht Nizza am Apparat.

»Kommissar Maigret? Einen Augenblick. Staatsanwalt Bourdeille-Jaminet möchte Sie sprechen.«

Nun ließ der stets über den Banalitäten des Alltags schwebende hohe Herr und Richter seine Stimme vernehmen:

»Sie haben ihn identifiziert, nicht wahr? Unter diesen Umständen überlege ich... Ich habe eine schwere Verantwortung übernommen... Ihren Haftbefehl haben Sie doch noch? Nun, Kommissar, im Einvernehmen mit dem Untersuchungsrichter meine ich, es wäre ratsam...«

Méjat war hereingekommen und hatte sich brav in eine Ecke gesetzt, von wo er zu der verlockenden Flasche Weißwein herüberschielte.

»Nizza!«

»Danke. Sûreté Nationale?«

Er erteilte in knappen Worten seine Anweisungen, und als er damit fertig war, betrachtete er mechanisch das Blatt Papier auf seinem Schreibtisch und sah, daß er nichts anderes gezeichnet hatte als einen vollen Mund, fein konturierte, sinnliche Lippen, wie man sie auf den Bildern von Renoir sieht.

Er zerriß das Blatt in kleine Stücke, die er ins Feuer warf.

»Ich glaube«, begann er…

Da überquerte jemand den Hof: die Tochter der alten Elisa, die auch beim Richter arbeitete.

»Laß sie rein, Méjat.«

»Ein Brief für Monsieur Maigret.«

Er nahm ihn entgegen, schickte das Mädchen zurück, öffnete langsam den Umschlag.

Übrigens sah er die Handschrift des Richters zum erstenmal vor sich, eine zierliche, enge, gleichmäßige Handschrift, die vielleicht eine Spur zu elegant war. Eine Linie wie die andere. Schmuckloses Papier, jedoch erlesene Qualität und ein ausgefallenes Format.

Sehr geehrter Herr Kommissar,

Verzeihen Sie, daß ich Ihnen diese Zeilen schreibe, anstatt Sie in Ihrem Büro im Gemeindeamt oder in Ihrem Hotel aufzusuchen. Aber wie Sie wissen, möchte ich meine Tochter ungern alleine lassen.

Seit unserem letzten Gespräch habe ich viel nachgedacht und bin zu dem Schluß gelangt, daß ich Ihnen einige Erklärungen schulde.

Ich bin bereit, Ihrer Vorladung Folge zu leisten, wann immer und wo immer Sie wünschen. Allerdings wäre es mir, sofern Sie meine Bitte nicht als unstatthaft ansehen, lieber, wenn Sie mir nochmals die Ehre Ihres Besuches erweisen könnten.

Wie Sie wissen, bin ich den ganzen Tag zu Hause und stehe Ihnen jederzeit zur Verfügung.

Mit bestem Dank im voraus für Ihr freundliches Entgegenkommen und verbindlichsten Empfehlungen verbleibe ich Ihr sehr ergebener…

Maigret stopfte den Brief in die Tasche, ohne ihn dem Inspektor oder Méjat zu zeigen, die ihre Neugier kaum verhehlen konnten.

»Sind die Zeitungen schon da?«

»Sie werden bestimmt gerade ausgetragen. Der Bus, der sie und auch die Post bringt, fuhr vorüber, als Sie telefonierten.«

»Méjat, bitte, besorg mir eine. Und erkundige dich, ob außer den Putzfrauen heute morgen noch andere Personen beim Richter waren.«

Er war nicht mehr so gut aufgelegt. Sein Blick hatte sich verfinstert. Planlos schob er Gegenstände hin und her, während er in dem Raum umherwanderte. Dann starrte er eine Weile auf das Telefon und drehte schließlich die Kurbel.

»Ich bin's nochmal, Mademoiselle. Ich werde Ihnen auch bestimmt die doppelte Menge kandierte Maronen bringen. Haben Sie die Post schon fertig sortiert? Die Zustellung hat noch nicht begonnen? Keine Briefe für Richter Forlacroix dabei? Sagen Sie, ist er heute morgen schon angerufen worden oder hat er selber telefoniert? Nein? Auch kein Telegramm? Danke... Ja, ich erwarte noch ein sehr dringendes Gespräch aus Nizza.«

Méjat kehrte in Begleitung von drei Personen zurück. Er ließ sie im Hof warten und erklärte beim Eintreten:

»Journalisten...«

»Das sehe ich!«

»Einer aus Luçon und zwei aus Nantes. Hier sind die Regionalzeitungen.«

Sie brachten zwar alle das Foto des Toten, aber aus bekannten Gründen natürlich noch nichts darüber, daß er inzwischen identifiziert worden war.

»Was soll ich denen sagen?«

»Gar nichts.«

»Das wird sie schön ärgern. Und beim Mittagessen haben Sie sie dann am Hals, denn sie wohnen auch im Hôtel du Port.«

Maigret zuckte nur die Achseln und schürte den Ofen nach. Er sah auf die Uhr, da die Kinder bereits aus der Schule kamen. Was trieben die da unten in Nizza bloß in ihrer Sonne, die bestimmt wie eine ausgestanzte Metallscheibe am Himmel hing?

Eine Frage quälte ihn, ein Punkt, den er noch nicht klären konnte. Warum nur hatte der Richter diesen Brief gerade in dem Augenblick geschrieben, als die Leiche identifiziert worden war? Wußte er davon? Und wenn ja, wie hatte er es bloß erfahren?

Telefon... Noch immer nicht Nizza... Aus Marans war zu hören, daß sich nirgends eine Spur von Marcel Airaud fand und die Fahndung nun auf das gesamte Marschgebiet ausgedehnt wurde.

Na schön! Genau in diesem Augenblick kam das Gespräch aus Nizza durch... jetzt waren drei Stimmen in der Leitung.

»Gehen Sie raus, Marans... Verdammt noch mal, legen Sie doch auf! Hallo, Nizza? Ja, hier Maigret. Die Person hat Nizza seit drei Wochen nicht verlassen, sagen Sie? Wissen Sie das genau? Kein Telegramm gestern oder heute früh? Wie? Ich kann den Namen schlecht verstehen. Luchet... Van Uchet? Buchstabieren Sie... V wie Viktor... Van Usschen... Ja, ich höre... Ein Holländer... Kakao... Ja! Schicken Sie mir alles, was Sie haben... Falls Sie mich nicht antreffen, sagen Sie die Nachricht meinem Inspektor durch...«

Halblaut, mehr für sich als für die anderen, rekapitulierte er:

»Die Frau des Richters lebt seit Jahren in Nizza mit einem gewissen Horace Van Usschen zusammen, einem reichen Holländer, der mit Kakao ein Vermögen gemacht hat.«

Dann entkorkte er die Flasche Weißwein, trank ein Glas, ein zweites, sah Méjat an, als wäre der durchsichtig.

»Du rührst dich hier nicht weg, bis ich zurückkomme.«

Die drei Journalisten versuchten, sich an seine Fersen zu heften, aber er zeigte seine ganz sture Miene. Es war gerade Apéritif-Zeit im Hôtel du Port, und einige Männer kamen an die Tür, um zu sehen, wohin er ging. Er winkte dem Gendarmen zu, der vor dem Haus des Richters Wache schob und läutete.

»Hier herein«, sagte Elisa. »Der Richter erwartet Sie schon.«

In dem großen Raum natürlich, wo es so still und behaglich war! Maigret fiel auf, daß der Richter dauernd die Hände zusammenpreßte, die ganz blutleer wurden.

»Nehmen Sie doch Platz... Aber zuerst sollten Sie vielleicht den Mantel ablegen, es kann eine Weile dauern, und das Zimmer ist gut geheizt. Ich biete Ihnen keinen Portwein an, Sie lehnen ja doch ab.«

Er sagte das mit einem Anflug von Bitterkeit.

»Aber nein, warum denn!«

»Wenn Sie erst einmal gehört haben, was ich Ihnen jetzt erzähle, wird es Ihnen vielleicht leid tun, daß Sie mit mir angestoßen haben.«

Maigret setzte sich in denselben Sessel wie letzte Nacht, er streckte die Beine von sich und stopfte seine Pfeife.

»Kennen Sie einen gewissen Doktor Janin?«

Der Richter überlegte bestimmt ernstlich, das war nicht gespielt.

»Janin? Warten Sie... Nein... Ich wüßte nicht...«

»Das ist der Mann, den Sie ins Meer werfen wollten.«

Forlacroix machte eine seltsame Bewegung, als wollte er sagen:

»Aber darum geht es doch gar nicht. Das ist ganz unwichtig.«

Er schenkte den Portwein ein.

»Also dann zum Wohl!« sagte er. »Ich habe mich Ihnen gegenüber loyal verhalten. Zunächst würde ich Sie gern etwas fragen...«

Er wurde ernst. Sein Gesicht unter dem hellgrauen Haarschopf, der immer ein wenig zerzaust war, wie der einer Frau, belebte sich.

»Wenn der Fall einträte, daß ich eine Zeitlang nicht für meine Tochter sorgen könnte, würden Sie mir da von Mann zu Mann versprechen, daß ihr kein Leid geschieht?«

»Nun, falls... falls eintritt, was Sie befürchten,

wird das Sorgerecht für Ihre Tochter doch gewiß der Mutter übertragen?«

»Diese Möglichkeit werden Sie gleich nicht mehr in Erwägung ziehen ... Also ...«

»Ich werde alles dazutun, was das Gesetz erlaubt, damit sie unter den bestmöglichen Bedingungen lebt.«

»Ich danke Ihnen.«

Er leerte ruhig sein Glas Portwein, suchte dann in einer Schublade nach Zigaretten.

»Sie rauchen ja nur Pfeife, stimmt's? Bitte ...«

Und erst nachdem er die erste Rauchwolke ausgestoßen hatte, murmelte er:

»Unter diesen Umständen glaube ich nach reiflicher Überlegung, daß es das beste ist, wenn ich eine Zeitlang ins Gefängnis gehe.«

Das kam unerwartet. Genau in diesem Augenblick erklang von oben Klavierspiel. Er sah zur Decke. Als er weiterredete, war seine Stimme erschüttert, als unterdrückte er ein Schluchzen.

»Ich habe einen Menschen getötet, Kommissar ...«

Die Nagelschuhe des Gendarmen draußen gaben einen Widerhall auf dem harten Pflaster des Gehsteigs.

»Wollen Sie jetzt Ihren Portwein austrinken?«

Er zog eine antike goldene Uhr aus der Tasche, ließ den Deckel aufspringen.

»Zwölf Uhr ... Für mich spielt es keine Rolle. Aber wenn Sie vielleicht vorher Mittag essen gehen wollen ... Sie bei mir einzuladen, wage ich nicht ...«

Er schenkte sich nach und setzte sich Maigret gegenüber vor den Kamin, in dem das Feuer knisterte.

6

Die beiden Engländerinnen aus Versailles

Gegen ein Uhr wurde der Posten vor dem Haus des Richters langsam unruhig; wenn er an den Fenstern vorbeikam, ging er jedesmal etwas näher ans Haus heran und versuchte hineinzusehen.

Um halb zwei drückte er das Gesicht gegen die Fensterscheibe und erkannte einen Augenblick lang zwei Männer, die sich vor dem Kamin gegenübersaßen und deren Köpfe irgendwie seltsam aus einer Rauchwolke herausragten.

Zur gleichen Zeit vernahm man aus einem Nebenzimmer Besteckklappern und murmelnde Frauenstimmen, Maigret vermutete, daß Lise Forlacroix jetzt beim Mittagessen war.

Mal schlug er die Beine übereinander, mal setzte er sich wieder gerade und klopfte den Pfeifenkopf am Absatz aus. Auf den Fliesen lag bereits eine Menge Asche. Aber wen kümmerte das jetzt noch? Der Richter drückte seine Zigaretten wie gewöhnlich in einem grünen Porzellanaschenbecher aus, all die kleinen weißbraunen Stummel darin sprachen für sich.

Man hörte sie friedlich reden. Maigret stellte manchmal eine Frage oder machte einen Einwand. Forlacroix antwortete mit einer Stimme, die so klar und auch so deutlich war wie seine Schrift.

Als um Viertel nach zwei das Telefon klingelte, schreckten sie hoch, als hätten sie die Außenwelt ganz vergessen. Forlacroix sah Maigret fragend an, ob er abnehmen sollte. Der nickte.

»Hallo! Ja, ich verbinde. Für Sie, Kommissar.«

»Entschuldigen Sie, Chef. Vielleicht hätte ich nicht anrufen sollen, aber langsam mache ich mir Sorgen! Es ist doch nichts passiert?«

Der Richter hatte sich wieder auf seinen Platz gesetzt, er knetete die Hände und starrte auf die Holzscheite.

»Besorg mir einen Wagen. Ja, sofort... In einer halben Stunde muß er hier sein. Nein! Nichts Besonderes.«

Dann setzte auch er sich wieder.

Als das Taxi dann vor der Tür hielt und Méjat läutete, war der Kommissar allein in dem großen Raum, er wanderte umher und schlang dabei ein Brötchen mit Fleischpastete hinunter. Auf dem Tisch stand eine nahezu leere Flasche alter Burgunder. Man bekam kaum noch Luft, so verraucht war es hier.

Méjat sah seinen Chef entgeistert an.

»Verhaften Sie ihn? Ist der Fall geklärt? Soll ich mit Ihnen fahren?«

»Du bleibst hier.«

»Wozu denn?«

»Nimm ein Blatt Papier und schreib auf: Thérèse, das Mädchen aus dem Hotel... Die beiden Hulots, Didine und ihr Zöllner... Albert Forlacroix... Und sie sollen verdammt noch mal endlich Marcel Airaud finden...«

»Die anderen alle, die Sie genannt haben, soll ich überwachen?«

Auf der Treppe Schritte.

»Du kannst jetzt gehen.«

Méjat ging widerstrebend. Der Richter erschien in Hut und Mantel, sehr korrekt, ganz als peinlich gepflegter Bürger.

»Gestatten Sie, daß ich Doktor Brénéol wegen des Sanatoriums anrufe?«

In dem Zimmer über ihnen hörte man Lise Forlacroix und die beiden Putzfrauen hin und her gehen.

»Sind Sie's, Brénéol? Nein, nichts Schlimmes. Ich hätte nur gern von Ihnen gewußt, ob es in der Nähe von La Roche-sur-Yon ein gutes Sanatorium gibt? Ja... Villa Albert-Ier? Unmittelbar vor der Stadt? Vielen Dank... Auf Wiedersehen...«

Die alte Elisa kam als erste mit zwei Koffern herunter, die sie ins Auto schaffte. Dann folgte ihre Tochter mit den kleinen Gepäckstücken, schließlich Lise, die in einem flauschigen Pelzmantel, dessen Kragen sie hochgeschlagen hatte, fast verschwand.

Es ging alles sehr rasch. Lise und ihr Vater setzten sich nach hinten. Maigret nahm neben dem Fahrer Platz. Didine erlebte das Schauspiel von der Straßenekke mit. Die Leute blieben stehen. Das Auto mußte die ganze Hauptstraße durchqueren, am Hotel, an der Post, am Gemeindeamt vorbeifahren. Da wurde mancher Vorhang gelüftet, und Kinder liefen hinter ihnen her.

Maigret sah Lise und ihren Vater im Rückspiegel, und es schien ihm, daß sie sich während der ganzen

Fahrt an der Hand hielten. Es wurde schon dunkel, als sie sich La Roche-sur-Yon näherten. Sie mußten sich mehrfach nach der Adresse der Villa Albert-Ier erkundigen, dann auf den Anstaltsleiter warten, die Zimmer besichtigen.

Alles war weiß, allzu weiß, wie die Kittel der Krankenschwestern und des Arztes.

»Zimmer sieben ... Sehr gut ...«

Zu fünft waren sie hineingegangen: Lise, eine Krankenschwester, Maigret, der Richter und der Anstaltsleiter.

Zu dritt standen sie dann wieder im Flur. Lise war mit der Krankenschwester hinter der Tür zurückgeblieben. Sie hatte nicht geweint. Vater und Tochter hatten sich nicht umarmt.

»In einer Stunde kommt ein Inspektor und wacht hier im Flur.«

Nach weiteren drei Kilometern erreichten sie die Stadt: Gefängnistor, Häftlingsregister, ein paar Formalitäten. Wohl ein Zufall: dem Richter und Maigret blieb keine Zeit, sich voneinander zu verabschieden.

Eine Brasserie mit dicker Kassiererin, Kursbuch, ein kühles Bier.

»Geben Sie mir doch etwas zum Schreiben und ein Schinkenbrötchen. Und noch ein Bier.«

Er schrieb einen inoffiziellen Bericht für den Staatsanwalt, setzte ein paar Telegramme auf und erwischte dann gerade noch den Zug. Von Mitternacht bis zwei Uhr früh hatte er Aufenthalt in Saint-Pierre.

Gare d'Orsay ... Um acht Uhr morgens verließ er frisch rasiert seine Wohnung am Boulevard Richard-

Lenoir. Die Sonne ging gerade auf über Paris. Zwei Schritte von der Kriminalpolizei stieg er um in einen anderen Bus und konnte von weitem die Fenster seines ehemaligen Büros sehen.

Um neun Uhr stieg er in der immer noch blassen Januarsonne in Versailles aus dem Bus und schlenderte Pfeife rauchend die Avenue de Paris hinab.

Da hatte er plötzlich den Eindruck, daß sich seine Persönlichkeit spaltete und daß er auf zwei verschiedenen Ebenen lebte. Natürlich war er Maigret, der mehr oder weniger in Ungnade gefallene, nach Luçon verbannte Kommissar. Seine Hände steckten in den Taschen von Maigrets Mantel, und er rauchte Maigrets Pfeife.

Und natürlich war diese Szenerie hier die Szenerie von Versailles an diesem Morgen, und nicht die von irgendwann vor Jahren.

Die Straße war still, vor allem weiter unten, wo große Portale und hohe Mauern die bezauberndsten herrschaftlichen Häuser der Welt gegen Einblicke von Passanten schützen.

Doch es war alles etwa so wirklich wie ein Film... Ein Dokumentarfilm zum Beispiel... Da ziehen Bilder auf der Leinwand vorbei und werden gleichzeitig von einer Stimme, von einem Sprecher kommentiert.

Die Stimme, das war die matte leise Stimme des Richters Forlacroix, und unausweichlich schob sich über das Bild von Versailles der große Raum in Aiguillon mit den Holzscheiten, der Pfeifenasche auf den Fliesen und den Zigarettenstummeln in der grünen Porzellanschale.

»Wir lebten seit drei Generationen in Versailles. Mein Vater war Rechtsanwalt und wohnte zeit seines Lebens in dem Haus an der Avenue de Paris, das er von seinem Vater geerbt hatte... Eine weiße Mauer... Eine Toreinfahrt mit den Ecksteinen zu beiden Seiten... Das goldglänzende Anwaltsschild... Unser Name auf einem Messingschild...«

Ja, hier war es. Maigret sah schon das Haus, aber natürlich gab es kein Anwaltsschild und auch sonst kein Messingschild mehr. Die Tür stand offen. Ein Kammerdiener in gestreifter Weste kam heraus, um auf dem Gehsteig Teppiche zu klopfen.

»Nach der Toreinfahrt kommt man in einen nicht übermäßig großen Hof mit dem gleichen Kopfsteinpflaster wie im großen Ehrenhof von Versailles... Zwischen den Pflastersteinen wächst Gras... Ein Vordach aus Glas... Hohe Fenster mit kleinen Scheiben... Viel Licht... Durch die Halle hindurch, in deren Mitte ein bronzener Springbrunnen steht, kann man bis auf einen Garten im Stil von Trianon sehen, auf die Rasenflächen und Rosen... Ich bin da geboren, wie mein Vater da geboren ist... Ich habe dort viele Jahre gelebt und keine anderen Sorgen gehabt, als mich mit Kunst und Literatur zu beschäftigen, gut zu leben und gut zu essen... Ich hatte keinen Ehrgeiz und war mit meiner Stellung als Friedensrichter zufrieden...«

Verstand man ihn hier nicht besser, als in der Einsamkeit von Aiguillon?

»Ein paar gute Freunde... Reisen nach Italien und Griechenland... Ein ausreichendes Vermögen... Ein

paar schöne Möbel und gute Bücher ... Als mein Vater starb, war ich fünfunddreißig und Junggeselle ...«

Wohnten in den Häusern hier ringsum nicht lauter Leute wie Forlacroix damals, die nichts anderes im Sinn hatten, als ein bequemes, angenehmes Leben?

Der Kammerdiener sah schon mißtrauisch herüber zu diesem Mann im dicken Mantel, der das Haus seiner Herrschaft so aufmerksam beobachtete. Aber es war doch wohl noch zu früh für den Besuch, den Maigret abzustatten hatte?

Langsam ging er die Avenue wieder ein Stück hinauf, bog nach rechts, dann nach links ab, studierte aufmerksam die Straßenschilder und blieb schließlich vor einem größeren Haus stehen, das vier Stockwerke hatte und wahrscheinlich vollgepfercht war mit Mietern.

»Wohnt Mademoiselle Dochet noch hier?« erkundigte er sich bei der Concierge.

»Da geht sie gerade die Treppe hinauf mit ihren Einkäufen.«

Er holte sie im ersten Stock ein, wo sie vor einer Tür stand und den Messingknauf aufdrehte, sie war ebenso betagt wie das Haus.

»Entschuldigen Sie, Mademoiselle, Sie sind doch die Hausbesitzerin, nicht wahr? Ich suche jemanden, der hier mal gewohnt hat, und zwar vor fünfundzwanzig Jahren ...«

Sie war siebzig.

»Kommen Sie herein. Warten Sie, ich muß zuerst in der Küche das Gas abdrehen. Sonst brennt mir die Milch an.«

Glasmalereien an den Fenstern, knallrote Teppiche...

»Es handelt sich um einen Künstler... Einen großen Virtuosen namens Constantinesco...«

»An den kann ich mich erinnern! Er wohnte genau über mir.«

Es stimmte also. Wieder blendete sich die Stimme des Richters ein.

»Ein Bohemien, vielleicht sogar fast genial... Zu Beginn seiner Laufbahn muß er auch einige schöne Erfolge gehabt haben. Er war in Amerika und weiß Gott wo aufgetreten. Irgendwo hatte er geheiratet und eine Tochter bekommen, die nahm er mit, ohne sich groß um die Mutter zu kümmern... Schließlich war er in Versailles gelandet, wo er in einer altmodischen Wohnung Geigenunterricht gab. Freunde schleppten ihn mir eines Abends an, als uns für unsere Kammermusik eine Bratsche fehlte...«

Der Richter hatte dabei ein wenig errötend auf seine weißen Hände geblickt und hinzugefügt:

»Ich spiele ein wenig Klavier...«

Das alte Fräulein nun erklärte:

»Der war halb verrückt... Er bekam manchmal furchtbare Wutanfälle... Dann hörte man ihn schreiend die Treppe hinablaufen...«

»Und seine Tochter?«

Sie verzog das Gesicht.

»Nun, nachdem sie jetzt verheiratet ist... Und sogar gut verheiratet, soviel ich weiß! Mit einem Richter, nicht? Es gibt eben Leute, die schaffen es, und das sind nicht immer die...«

Die was? Ja, das würde für Maigret ein Geheimnis bleiben, denn sie war verstummt.

Nun, hier konnte er nichts Neues erfahren, er wußte ohnehin alles. Die Stimme des Richters log nicht.

Valentine Constantinesco ... Ein achtzehnjähriges Mädchen, voll entwickelt, riesengroße Augen, fuhr jeden Morgen mit ihren Noten nach Paris, wo sie das Konservatorium besuchte. Sie lernte Klavierspielen. Außerdem bekam sie bei ihrem Vater Geigenunterricht.

Aber da lauerte ihr an der Straßenecke ein kleiner Richter auf, ein Junggeselle und Epikureer, der ihr nachstellte, ihr mit der elektrischen Eisenbahn hinterherfuhr.

Avenue de Paris ... Aha, der Kammerdiener war wieder im Haus und hatte die Tür geschlossen, jene Tür, durch die Valentine ein paar Monate später im weißen Brautkleid eingezogen war.

Wunderbare Jahre ... Geburt eines Jungen, dann eines Mädchens ... Manchmal fuhr man im Sommer für ein paar Wochen in das geerbte alte Haus nach Aiguillon.

Glauben Sie mir, Kommissar, ich bin doch nicht naiv. Mich hat das Glück nicht blind gemacht. Ich habe sie oft voll Sorge betrachtet ... Aber wenn Sie einmal ihre Augen sehen, die haben sich wohl nicht verändert, werden Sie mich verstehen ... so rein, so klar ... Eine melodische Stimme ... Mit ihren meergrünen, blaßblauen, immer sehr hellen, sehr neutralen Kleidern sah sie aus wie einem Pastellgemälde entstiegen ...

Ich wagte mich nicht darüber zu wundern, daß ich

Vater eines kräftigen, breitgebauten Jungen mit struppigem Haar und ganz bäuerlicher Art geworden sein sollte ... Meine Tochter schlug der Mutter nach ...

Später habe ich erfahren, daß Vater Constantinesco, der dauernd bei uns zu Hause herumsaß, im Bilde war ...

Warten Sie ... zu der Zeit, von der ich Ihnen jetzt erzähle, war Albert zwölf, Lise acht Jahre alt ...

Ich wollte um vier Uhr mit einem Freund, der mehrere musikgeschichtliche Werke verfaßt hatte, in ein Konzert ... Er lag aber mit Bronchitis im Bett ... So ging ich nach Hause zurück ...

Vielleicht werden Sie sich einmal das Haus ansehen? Im großen Hoftor befindet sich noch eine kleine Tür ... Ich hatte den Schlüssel bei mir ... Anstatt nun durch die Eingangshalle hineinzugehen, benutzte ich die kleine Treppe rechts, die in den ersten Stock führt, wo die Zimmer liegen ... Ich wollte meiner Frau vorschlagen, mich zu begleiten ...

Maigret zog an dem Messingknauf, und eine tiefe Glocke läutete, feierlich wie in einem Kloster: Schritte, dann sah er den verwunderten Kammerdiener vor sich stehen.

»Ich würde gern mit den Bewohnern dieses Hauses sprechen ...«

»Mit welcher der Damen?«

»Entscheiden Sie für mich.«

Gerade in diesem Augenblick bemerkte er durch ein Fenster im Erdgeschoß zwei Frauen, die beide grell bunte Morgenmäntel trugen. Die eine rauchte eine Zigarette, die in einer langen Zigarettenspitze steckte, die andere eine winzige Pfeife, die Maigret zum Lächeln reizte.

»Was ist los, Jean?«

Ein starker englischer Akzent. Beide Frauen waren zwischen vierzig und fünfzig. In dem zu einem Atelier umgewandelten Raum, einst wohl Forlacroix' großer Salon, standen Staffeleien, übertrieben modernistische Ölbilder, Gläser, Flaschen, Gegenstände aus Afrika und China herum, ein ganzes Sammelsurium, wie vom Montparnasse.

Maigret ließ seine Karte überreichen.

»Treten Sie näher, Kommissar... Wir haben doch nichts verbrochen? Meine Freundin, Madame Perkins... Ich bin Angelina Dodds. Wen von uns beiden wollen Sie sich denn vorknöpfen?«

Sehr gewandt, sogar humorvoll.

»Darf ich Sie fragen, wie lange Sie schon hier wohnen?«

»Sieben Jahre. Vor uns wohnte ein alter Senator hier, der ist gestorben, und vor ihm ein Richter, wie man uns erzählt hat.«

Schade, daß der alte Senator tot war. Er hatte an dem Haus wahrscheinlich nicht viel verändert, das ihm Forlacroix samt Mobiliar und einem Teil seiner Nippsachen überließ. Jetzt stand da ein rotgoldener chinesischer Diwan mit überladenem Drachenmuster vor einem erlesenen Louis-seize-Wandspiegel!

Nun ja! Zwei offensichtlich etwas sonderbare Engländerinnen, die auf Malerei versessen waren und sich durch den glanzvollen Rahmen von Versailles angezogen fühlten...

»Haben Sie einen Gärtner?«

»Selbstverständlich! Wieso?«

»Würden Sie mich in den Garten führen oder führen lassen?«

Neugierig geworden, begleiteten sie ihn beide. Der Garten war stilgerecht angelegt, man hatte versucht, im kleinen die Gärten von Trianon nachzuahmen.

»Um meine Rosen habe ich mich selbst gekümmert«, hatte der Richter gesagt. *»So bin ich dann auch auf die Brunnen verfallen ...«*

Drei Brunnen standen an der beschriebenen Stelle. Der mittlere war außer Betrieb, im Sommer wurden wohl Geranien oder andere Blumen hineingestellt.

»Hätten Sie etwas dagegen, meine Damen, wenn ich diesen Brunnen hier aufreißen ließe? Das wird natürlich nicht ganz ohne Verwüstungen abgehen. Ich habe auch nicht die entsprechende schriftliche Anordnung bei mir und kann Sie nicht zwingen, solche Schäden hinzunehmen ...«

»Ist da ein Schatz vergraben?« rief die eine Engländerin lachend. »Urbain! Bringen Sie doch eine Hacke ...«

Der Richter unten in Aiguillon hatte ruhig, mit gleichmäßiger Stimme gesprochen, als wäre es gar nicht um ihn gegangen.

»Sie wissen ja wohl, was es bedeutet, jemanden auf frischer Tat zu ertappen? So etwas erleben Sie sonst in Hotelzimmern, in mehr oder minder fragwürdigen möblierten Zimmern ... Es gibt Fälle ... Ich glaube, alles ist nur geschehen, weil der Mann so eine fiese Visage hatte und mich so herausfordernd ansah ...

Dabei war er so lächerlich, widerwärtig, halbnackt, mit zerzaustem Haar, die linke Wange mit Lippenstift verschmiert ... Ich habe ihn getötet.«

»Sie hatten einen Revolver bei sich?«

»Nein, aber in der Kommode unseres Zimmers lag einer. Die Schublade war in meiner Reichweite. Ich habe es kaltblütig getan, muß ich gestehen. Ich war ruhiger als jetzt. Ich dachte, daß die Kinder aus der Schule zurückkommen würden ... Später habe ich erfahren, daß er Tingeltangel-Sänger war. Er war nicht schön ... Er hatte dichtes, fettiges Haar, das im Nacken einen Wulst bildete ...«

Maigret eilte dem Gärtner entgegen.

»Schaufeln Sie zuerst die Blumenerde weg. Meiner Schätzung nach ist das nur eine Deckschicht von etwa zwanzig Zentimetern. Und darunter ...«

»Steine und Zement«, erklärte Urbain.

»Die Steine und der Zement müssen aufgehackt werden ...«

Die bisher friedfertige Stimme wurde jetzt geradezu grauenerregend:

»Der Brunnen fiel mir ein ... Ich habe den Mann, seine Kleider, alles, was er bei sich hatte, dort hingeschleppt ... Der Brunnen war nicht gerade breit, und so sehr ich auch drückte, die Leiche ging nur zusammengekauert hinein ... Ich habe sie mit dicken Steinbrocken bedeckt, dann mehrere Säcke Zement darübergeschüttet ... Aber nicht dies ist das Entscheidende ...«

Ungefähr an dieser Stelle hatte dann der Gendarm das Gesicht an die Fensterscheibe gepreßt, und ... der Richter mit den Achseln gezuckt.

»Von einer Minute auf die andere hatte sich meine Frau in eine Furie verwandelt... Sie warf mir in einer einzigen halben Stunde alles an den Kopf, nannte ihre Abenteuer vor unserer Hochzeit, ihre sämtlichen abgefeimten Tricks, die Komplizenschaft ihres Vaters... ihre zahlreichen Liebhaber, die Orte, an denen sie sich mit ihnen traf...

Sie war nicht wiederzuerkennen, der Schaum stand ihr buchstäblich vor dem Mund...

›Und den hier habe ich geliebt, verstehst du, geliebt habe ich ihn‹, brüllte sie, ohne Rücksicht auf die Kinder, die gerade heimgekommen waren und sie hätten hören können.

Ich hätte die Polizei rufen und die Wahrheit darlegen müssen, stimmt's? Ich wäre freigesprochen worden. Aber mein Sohn und vor allem meine Tochter wären ihr Leben lang durch dieses Wissen belastet gewesen, daß ihre Mutter...

Ich habe mir alles genau überlegt, glauben Sie mir, blitzschnell... Es ist unglaublich, wie scharf unser Verstand in solchen Augenblicken funktioniert...

Ich habe gewartet, bis es dunkel wurde... Es war Juni, ich mußte also sehr lange warten... Ich bin kräftiger, als ich wirke... vor allem damals war ich es...«

Elf Uhr. Über dem Boden, der nachts gefroren gewesen war, bildete sich in der Sonne allmählich lauwarme Feuchtigkeit.

»Was gefunden?« fragte Maigret.

»Sehen Sie selbst.«

Der Kommissar beugte sich hinab. Beim Graben war

etwas Weißliches zum Vorschein gekommen: Ein Schädel...

»Entschuldigen Sie diese Ungelegenheiten. Aber seien Sie unbesorgt, die Polizei wird Sie nicht behelligen. Es geht hier um ein sehr altes Verbrechen. Sobald die offiziellen Ermittlungen abgeschlossen sind, veranlasse ich die Zahlung einer Entschädigung.«

Der Richter hatte nicht gelogen. Er hatte einen Menschen getötet. Und fast fünfzehn Jahre lang hatte niemand etwas davon gewußt, außer seiner Frau, die in Nizza an der Côte d'Azur, Villa des Roches-Grises, mit Horace Van Usschen, dem Holländer aus der Kakaobranche, lebte.

»Sie trinken doch einen Whisky, Kommissar?«

Nichts haßte er mehr! Und dann womöglich noch über diesen Fall sprechen zu müssen!

»Wenn ich noch vor Mittag zur Justizbehörde von Versailles will...«

»Sie kommen doch wieder?«

Bewahre! Er befaßte sich ja nicht mit diesem Verbrechen, sondern mit dem Tod eines gewissen Doktor Janin in einem Haus in Aiguillon.

Wie mit Goldstaub überpudert sah die Avenue de Paris im zarten, aber durchdringenden Sonnenlicht aus. Aber er mußte sich jetzt beeilen. Ein Taxi fuhr vorbei.

»Zum Gerichtsgebäude.«

»Das sind nur ein paar Schritte.«

»Na und?«

Sich anmelden, reden mit Leuten, die ihn skeptisch und zugleich eher verdrossen ansahen:

»Eine so uralte Sache! Mußte das sein ...?«

Er aß für sich allein in der Brasserie Suisse zu Mittag, es gab Sauerkraut. Er las die Zeitung, achtete aber nicht auf den Inhalt.

»Kellner! Verbinden Sie mich mit der Nummer 41 in La Roche-sur-Yon. Ein dringendes Dienstgespräch, Polizei. Augenblick ... Geben Sie mir auch das Gefängnis ...«

Das Bier war gut, das Sauerkraut war annehmbar, sogar sehr annehmbar, und er bestellte ein zweites Paar Würstchen. Was machte es schon, wenn das nicht ganz dem Grand-Siècle-Geist der Stadt entsprach!

»Hallo! Ja ... Sie war ganz ruhig? Sehr gut! Wie bitte? Sie hat ein Klavier verlangt? Dann mieten Sie ihr eines ... O ja doch, dafür verbürge ich mich ... Ihr Vater wird alles bezahlen, was sein muß. Aber wehe Ihnen, wenn Sie sich jemals aus dem Flur wegrühren oder sie durchs Fenster entwischen lassen ...«

Aus dem Gefängnis gab es nicht viel zu vermelden. Richter Forlacroix hatte um elf Uhr den Besuch seines Anwalts erhalten und sich mit ihm eine halbe Stunde in Ruhe besprochen.

7

Fragen Sie das den Kommissar

Welch ein Vergnügen, um acht Uhr morgens die allzu schmale Treppe mit dem Geländer aus Kiefernholz hinabzugehen, das in der Sonne glänzte, den menschenleeren Saal zu betreten und sich an den gewohnten Tisch zu setzen, wo bereits gedeckt war: eine große Steingutschale, hausgemachte Wurst, ganz frische Krabben.

»Thérèse!« rief er, während er sich niederließ. »Meinen Kaffee!«

Die Wirtin kam selber.

»Thérèse ist gerade beim Fleischer.«

»Sagen Sie, ich sehe keine Menschenseele im Hafen, dabei ist Ebbe. Haben die Leute Angst vor Kälte?«

»Das ist die Nipptide«, erklärte sie.

»Wie bitte?«

»Man kann nicht zu den Muschelzäunen bei den kleinen Fluten.«

»Das heißt, die Muschelzüchter arbeiten nur die Hälfte der Zeit?«

»Aber nein! Die meisten haben Land, Marsch, Vieh.«

Sogar Méjat wurde freundlich empfangen, trotz seiner Brillantine und eines albernen Schals in allen nur denkbaren Grünschattierungen.

»Setz dich und iß was. Erzähl mir, was du bei dieser armen Alten herausgekriegt hast.«

Es ging um die Mutter von Marcel. Ehrlich gesagt, hatte Maigret nichts dagegen gehabt, daß er diese Aufgabe dem Inspektor hatte überlassen können.

»Ein altes ländliches Haus, wie? Alte Möbel, die einen Geruch vergangener Zeiten ausströmen. Ein Uhrgehäuse mit einem Messingpendel, das seine glänzende Spur träge hin- und herzieht...«

»Ganz falsch, Chef. Das Haus wird jedes Jahr frisch gestrichen. Statt der alten Tür haben sie eine moderne mit imitierten schmiedeeisernen Verzierungen eingesetzt. Die Möbel stammen aus einem Warenhaus am Boulevard Barbès.«

»Zuerst hat sie dir was zu trinken angeboten.«

»Ja.«

»Und da konntest du nicht nein sagen.«

Der arme Méjat wußte gar nicht, was daran hatte falsch sein können, daß er ein Glas Selbstgebrannten annahm, aromatischen Mirabellengeist.

»Du brauchst nicht rot zu werden. Ich mußte nur an jemanden denken...«

Vielleicht an sich selbst, wie er da im Haus des Richters getrunken und gegessen hatte?

»Manche können eben nein sagen und andere nicht. Du bist zu der Alten gegangen, um ihr belastende Auskünfte über ihren Sohn zu entlocken, und da hast du erst mal ihren Mirabellengeist getrunken. Ich denke, daß der Richter sehr wohl jemand ist, der nein sagen kann... der alles abschlagen kann, sogar sich selbst! Gib dir keine Mühe, das zu verstehen. Hat sie geweint?«

»Sie wissen ja, daß sie fast genauso groß und stark ist wie ihr Sohn. Erst hat sie angegeben und von oben herab getan. Wenn das so weiterginge, wollte sie sich einen Anwalt nehmen. Ich habe sie gefragt, ob ihr Sohn in den letzten Tagen verreist gewesen sei, sie hat merklich gezögert...

›Ich glaube, er war geschäftlich in Niort.‹

›Sind Sie sicher, daß er in Niort war? Ist er über Nacht weggeblieben?‹

›Weiß ich nicht mehr.‹

›Sie wollen das nicht mehr wissen, obwohl Sie beide ganz allein hier im Haus leben? Könnte ich mir vielleicht mal die Zimmer ansehen? Ich habe keinen Haussuchungsbefehl hier, aber falls Sie sich weigern...‹

Wir sind in den ersten Stock rauf. Da war es allerdings genau so, wie Sie gesagt haben, altes Haus, alte Möbel, große Schränke, Anrichten, Familienfotos.

›Welchen Anzug trägt Ihr Sohn immer, wenn er in die Stadt fährt?‹

Sie nahm ihn aus dem Schrank: ein blauer Kammgarnanzug. Ich habe die Taschen durchsucht und diese Hotelrechnung aus Nantes darin gefunden. Sehen Sie sich das Datum an.«

Fünfter Januar, wenige Tage vor Doktor Janins Ankunft in Aiguillon.

»Hast du da nicht bereut, das Glas Mirabellenschnaps getrunken zu haben?« fragte Maigret, während er aufstand, um dem Telegrammboten entgegenzugehen.

Er kam mit mehreren Telegrammen zurück, die er

vor sich hinlegte, er setzte sich wieder, wie immer ließ er sich Zeit mit dem Öffnen.

»Weißt du übrigens, warum die alte Didine und ihr Hulot den Richter so tief hassen? Ich habe mir weiß Gott was ausgemalt, dabei ist die Wahrheit ganz einfach, so einfach wie dieses Dorf hier, wie dieser Leuchtturm, den man in der Sonne stehen sieht. Als die Hulots in den Ruhestand gingen und sahen, daß der Richter nach Aiguillon zog, da hat Didine ihn aufgesucht und ihn daran erinnert, daß sie sich ja von klein auf kannten. Sie hat ihm angeboten, in seine Dienste zu treten, sie als Köchin, der Zöllner als Gärtner. Forlacroix, der sie ja wohl kannte, hat abgelehnt. Das ist alles.«

Er riß ein Telegramm auf und reichte es Méjat.

In Marinerolle registrierter Seemann Marcel Airaud hat Dienstzeit auf Torpedobootzerstörer Le Vengeur abgeleistet.

»Aber wenn der Richter doch gestanden hat!« rief Méjat aus.

»Ach! Er hat gestanden?«

»Steht in allen Zeitungen ...«

»Weil du noch immer glaubst, was die Zeitungen schreiben?«

Geduldig wartete er zehn Stunden lang mehr oder weniger tatenlos, schlenderte zwischen den an Land gezogenen Booten umher, besah das Haus, und zweimal betrat er auch das Hotel, um ein Gläschen zu trinken, denn es war wirklich kalt.

Als er die beiden Autos hintereinander ankommen

sah, mußte er lächeln; eine so strenge Beachtung der Formen wirkte rührend, um nicht zu sagen komisch. Die beiden Männer, die zu so früher Stunde aus La Roche-sur-Yon eintrafen, waren alte Freunde. Sie duzten sich seit der Schulzeit. Sie hätten eine viel angenehmere Fahrt hierher gehabt, wenn sie in einem Wagen gekommen wären. Doch der eine war der mit dem Fall von Aiguillon befaßte Untersuchungsrichter und der andere der von Richter Forlacroix gewählte Rechtsanwalt. Unter diesen Umständen hatten sie am Vorabend lange die Frage erörtert, ob es wohl passend wäre oder nicht...

Beide schüttelten Maigret die Hand. Courtieux war ein Mann in mittleren Jahren und galt als der beste Rechtsanwalt seines Départements.

»Mein Mandant hat mir mitgeteilt, er habe Ihnen sämtliche Schlüssel übergeben.«

Maigret klimperte mit dem Schlüsselbund in seiner Tasche. Alle drei wandten sich nun dem Haus zu, das noch immer von einem Gendarmen bewacht wurde. Nebenbei und nur um zu zeigen, daß ihm nichts entging, bemerkte der Untersuchungsrichter:

»Von Rechts wegen hätte es amtlich versiegelt werden müssen... Aber Forlacroix hat ja dem Kommissar die Schlüssel persönlich ausgehändigt und ihn gebeten...«

Schon erstaunlich, wie selbstverständlich Maigret eintrat, als wäre er hier zu Hause, wie er sich auskannte und wußte, wohin er den Mantel hängen sollte und dann die Bibliothek betrat.

»Da es eine Weile dauern wird, mache ich erst mal ein Feuerchen.«

Der Anblick der beiden Sessel vor dem Kamin, der noch nicht weggekehrten Pfeifenasche, der Zigarettenkippen, ließ ihn nicht unberührt.

»Ich glaube, Sie sollten es sich bequem machen.«

»Mein Mandant hat mir gesagt«, begann der Anwalt etwas gekränkt:

›*Fragen Sie das den Kommissar!*‹

Also werden Sie uns jetzt darüber aufklären, was er unternahm, nachdem er diesen Mann umgebracht und ihn gewissermaßen in seinem Brunnen eingemauert hatte...«

»Bitte nach Ihnen«, murmelte Maigret und ließ den Untersuchungsrichter vorangehen, als wäre er der Hausherr. »Aber wissen Sie, ich verspreche mir keine sensationellen Entdeckungen. Ich habe um diese Haussuchung vor allem deshalb gebeten, weil sie vielleicht dazu dienlich ist, das Leben von Richter Forlacroix in den letzten Jahren besser zu rekonstruieren...

Beachten Sie doch, mit welch sicherem Geschmack hier jedes Möbelstück ausgesucht und genau an den richtigen Platz gestellt wurde, sogar die Nippes...«

Forlacroix hatte Versailles nicht sofort verlassen. Er hatte seine Frau einfach kaltblütig mit einem ansehnlichen Scheck ausgestattet und vor die Tür gesetzt.

Maigret konnte ihn sich genau vorstellen: klein, mager, eiskalt, mit seinem Haarkranz, den präzisen, nervösen Fingerbewegungen. Wie der Kommissar am Morgen gesagt hatte, gehörte er nicht zu denen, die etwas gegen ihren Wunsch und Willen hinnehmen. Didine konnte davon ein Lied singen; sie hatte in all den Jahren nicht vergessen, wie ruhig und kühl ihre

Vorschläge zurückgewiesen worden waren, ja nicht einmal zurückgewiesen, einfach ignoriert!

»Hat sie denn nicht versucht, bei Ihnen und bei ihren Kindern zu bleiben?« hatte Maigret sich genauer erkundigt, als sie beide vor dem Kamin saßen.

Aber natürlich! Keine erquicklichen Szenen! Sie war auf dem Boden gekrochen. Dann hatte sie monatelang geschrieben, hatte gefleht, gedroht.

»Ich habe nie geantwortet. Eines Tages erfuhr ich, daß sie an der Côte d'Azur mit einem Holländer zusammenlebt.«

Er hatte das Haus in Versailles verkauft, sich in Aiguillon niedergelassen. Und dann...

»Spüren Sie die Atmosphäre dieses Hauses, in dem alles Behaglichkeit und Lebensfreude ausstrahlt?« fragte Maigret seufzend. »Jahrelang hat hier ein Mensch Tag für Tag heimlich seine Kinder beobachtet und sich gefragt, ob sie von ihm seien... Und der Junge versuchte, je älter er wurde, die Rätsel zu begreifen, die ihn umgaben, er stellte Fragen nach seiner Mutter, seiner Herkunft...«

Er hatte die Tür zu einem Zimmer aufgestoßen, das voller verschiedenster Spielsachen war, in einer Ecke stand ein Schreibpult aus hellem Eichenholz.

Es war früher Alberts Zimmer gewesen, im Schrank hingen noch Kleidungsstücke. An anderer Stelle befand sich ein Wandschrank voller Puppen von Lise Forlacroix.

»Mit siebzehn oder achtzehn Jahren«, fuhr der Kommissar fort, »begann Albert seinen Vater zu hassen. Er konnte nicht verstehen, warum dieser seine

Schwester immer einschloß... Lise hatte damals gerade ihren ersten Anfall gehabt...

Etwa um die gleiche Zeit entdeckte Albert auch einen Brief, der kurz nach dem Drama geschrieben worden war... Warten Sie... Er muß in diesem Sekretär sein... Ich habe den Schlüssel...«

Offenbar besaß er nicht nur den Schlüssel für den Louis-quatorze-Sekretär, sondern auch Zugang zum Innenleben all dieser Menschen, die sich so viele Jahre hindurch das Leben gegenseitig zur Qual gemacht hatten. Er rauchte seine Pfeife. Der Richter und der Rechtsanwalt gingen hinter ihm her. Sobald er an gewisse Dinge rührte, bestimmte Themen streifte, zeigte er mehr Taktgefühl, als man von diesem massigen Mann mit den kräftigen Händen erwartet hätte.

»Sie können den Brief zu den Akten nehmen«, sagte er, ohne ihn zu lesen. »Ich kenne ihn Wort für Wort. Sie drohte ihrem Mann mit dem Gefängnis. Albert wollte ihn zur Rechenschaft ziehen... Forlacroix ging nicht darauf ein... Von da an haben sie wie Fremde nebeneinanderher gelebt... Nach seinem Militärdienst wollte Albert sein eigenes Leben führen, aber eine merkwürdige Neugier hielt ihn in Aiguillon fest, und so ließ er sich hier als Muschelzüchter nieder... Sie haben ihn ja gesehen... Sein Aussehen täuscht, er ist ein unruhiger, gewalttätiger Mensch, ein typischer Aufrührer... Was nun das junge Mädchen angeht...«

Es klingelte an der Haustür. Der Kommissar machte auf. Es war Méjat mit einem Telegramm. Er wäre allzu gern hereingekommen, aber sein Chef forderte ihn nicht dazu auf. Wieder oben angelangt, erklärte Maigret:

»Sie hat auf meine telegrafische Vorladung geantwortet... Sie kommt her...«

»Wer?«

»Madame Forlacroix. Sie ist gestern mittag mit dem Wagen von Nizza abgefahren...«

Es war schon beeindruckend, Maigret zu beobachten. Es spielte sich da ein merkwürdiges Phänomen ab. Während er in diesem Haus umherging, das nicht ihm gehörte, während er das Leben anderer aufrollte, an dem er gar keinen Anteil gehabt hatte, vollzog sich in ihm eine Veränderung: das war nicht mehr der schwerfällige, grobschlächtige Maigret, den nichts aus der Ruhe bringen konnte, sondern unbewußt ahmte er in Haltung und Tonfall ein wenig Forlacroix nach. Dabei waren sich die beiden weiß Gott nicht ähnlich, doch wirkte es in manchen Augenblicken so verblüffend, daß sich der Rechtsanwalt peinlich berührt fühlte.

»Als ich zum erstenmal in dieses Haus kam, lag Lise im Bett... Diese Nachttischlampe hier brannte. Forlacroix liebte seine Tochter abgöttisch. Er liebte sie, litt aber dabei, denn er wurde ständig von Zweifeln gequält. Wodurch war bewiesen, daß sie sein Kind war und nicht das Kind irgendeines Liebhabers, etwa des Sängers mit dem fettigen Haar?

Er liebte sie auch deshalb, weil sie nicht wie andere war, weil sie ihn brauchte, weil sie wie ein junges Tier war, impulsiv und zärtlich...

Ich kann sie mir schon vorstellen, wie sie war, wenn

sie keine Anfälle hatte, ihre Mentalität einer Sechsjährigen, ihr kindliches Staunen, ihre Anmut...

Ihr Vater hat alle möglichen Fachärzte gerufen. Ich weiß auch, daß junge Mädchen wie Lise selten älter als sechzehn oder siebzehn werden... Wenn sie dieses Alter überleben, häufen sich die Anfälle. Danach sind sie geschwächt, mißtrauisch...

Die Einheimischen übertreiben, aber es stimmt, daß sich mehrere Männer, mindestens aber zwei, schon vor Marcel Airaud ihren Zustand zunutze gemacht haben...

Als der dann an die Reihe kam...«

»Entschuldigen Sie!« unterbrach ihn der Untersuchungsrichter. »Ich habe den Beschuldigten ja noch nicht vernommen. Behauptet er vielleicht, von den nächtlichen Besuchen Marcel Airauds bei seiner Tochter nichts gewußt zu haben?«

Maigret sah kurz aus dem Fenster, dann drehte er sich um.

»Nein.«

Betretenes Schweigen.

»Da hat dieser Mann also...«, hob der Richter wieder an.

Und der Rechtsanwalt überlegte bereits, wie er den Geschworenen in La Roche-sur-Yon diese Ungeheuerlichkeit darlegen sollte.

»Dieser Mann hat es gewußt«, warf Maigret ein. »Alle Ärzte sagten ihm das gleiche.

›Sie müßten sie verheiraten! Das wäre die einzige Chance.‹«

»Es ist ja wohl ein Unterschied zwischen verheiraten

und zulassen, daß ein Kerl wie Airaud ...«, meinte der Untersuchungsrichter.

»Glauben Sie, daß man ein Mädchen mit einem Gebrechen wie diesem so leicht verheiraten kann? Da hat Forlacroix lieber über manches hinweggesehen. Was er so über Airaud erfuhr, ließ durchaus den Schluß zu, daß es sich um einen recht anständigen Kerl handelte, trotz seiner Geschichte mit Thérèse. Über die reden wir ein andermal. Jedenfalls war er nämlich gar nicht so sicher, daß Thérèses Kind wirklich von ihm war. Seither setzte sie ihm zu ... Airaud war tatsächlich verliebt in Lise, und zwar so, daß er trotz allem zur Ehe bereit war ...«

Er unterbrach sich, klopfte den Pfeifenkopf am Absatz aus und erklärte dann mit sanfter Stimme:

»Sie wollten demnächst heiraten.«

»Wie bitte?«

»Ich sagte, daß Marcel und Lise in zwei Monaten heiraten wollten. Wenn Sie Forlacroix besser kennen würden, wäre Ihnen das verständlich. Ein Mann wie er, der die Geduld aufbringt, Jahr um Jahr so zu leben ... Er hat Airaud lange beobachtet. Und eines Tages, als Marcel gerade am Haus vorüberging, öffnete Forlacroix die Tür ... und forderte den erschreckten jungen Mann leise auf:

›Möchten Sie nicht einen Augenblick hereinkommen?‹«

Gedankenverloren zog Maigret eine stehengebliebene Wanduhr auf.

»Ich weiß, daß es sich tatsächlich so abgespielt hat, denn auch ich saß mit ihm vor dem Kamin zusammen.

Gewiß hat er ganz ruhig gesprochen, sorgfältig Portwein in Kristallgläser eingeschenkt... und gesagt... gesagt, was er sagen mußte... die Wahrheit über Lise...

Airaud war verwirrt und wußte zuerst nicht, was er antworten sollte... Er bat um ein paar Tage Bedenkzeit, aber das bedeutete zweifellos schon ja. Sie kennen doch die einfachen, zupackenden Leute seines Schlages? Haben Sie sie je auf dem Markt beobachtet und zugehört, wie sie über ein Geschäft verhandeln?

Also ich glaube, daß Airaud dann der ehemalige Arzt von der ›Vengeur‹ einfiel, mit dem er sich einst vielleicht gut verstanden hatte. So ist er nach Nantes gefahren...«

Plötzlich hörte man langanhaltendes, durchdringendes Hupen. Durchs Fenster konnte man einen Luxuswagen sehen, am Steuer saß ein livrierter Chauffeur, der ausstieg und den Schlag öffnete.

Maigret und seine Begleiter befanden sich gerade in einem Raum, den Lise bewohnt hatte und in dem auch ihr Klavier stand. Sie verfolgten die Szene vom Fenster aus.

»Horace Van Usschen!« erklärte Maigret und zeigte auf einen alten Mann, der als erster ausstieg, mit steifen Bewegungen wie ein Automat, als wären seine Gelenke eingerostet.

An der Straßenecke versammelten sich schon Leute. Van Usschen sah ja auch lächerlich aus mit seinem hellen Flanellanzug, den weißen Schuhen, dem weiten karierten Mantel und der weißen Tuchmütze. An der Côte d'Azur erregte dieser Aufzug wohl kein Aufsehen, in Aiguillon aber hatte man so etwas noch nicht gesehen, denn die Fremden, die im Sommer kamen, waren auch nur ganz gewöhnliche Leute.

Er war mager und verrunzelt wie Rockefeller, an den er irgendwie erinnerte. Er streckte die Hand ins Wageninnere. Eine imposante, in Pelz gehüllte Frau stieg aus. Sie ließ ihren Blick über die ganze Hausfront wandern und sagte etwas zu dem Chauffeur, der daraufhin läutete.

»Der Holländer sollte besser draußen bleiben, meinen Sie nicht auch? Zumindest vorerst.«

Er ging öffnen und erkannte auf den ersten Blick, daß der Richter nicht gelogen hatte: Valentine Forlacroix, geborene Constantinesco, war einmal schön gewesen, sie hatte immer noch wundervolle Augen, sinnliche Lippen, die trotz der erschlafften Mundwinkel an die Lippen Lises erinnerten.

»Da bin ich«, verkündete sie. »Kommen Sie, Horace!«

»Entschuldigen Sie, kommen Sie doch zuerst einmal allein herein. Das ist Ihnen sicher auch lieber, nicht wahr?«

Horace setzte sich beleidigt wieder ins Auto, wickelte sich in ein Plaid und verharrte regungslos, ohne sich um die Kinder zu kümmern, die ihn durch die Fenster anstarrten.

»Sie kennen ja das Haus. Wenn es Ihnen recht ist, gehen wir in die Bibliothek, dort brennt ein Kaminfeuer.«

»Ich möchte wirklich wissen, was ich mit dem

Verbrechen dieses Menschen zu tun habe«, protestierte sie, als sie den Raum betrat. »Gut, er ist mein Mann. Aber wir leben ja nun schon eine ganze Reihe von Jahren nicht mehr zusammen, so daß mich sein Tun und Treiben heute nichts mehr angeht.«

Der Richter und der Anwalt waren ebenfalls nach unten gekommen.

»Der Untersuchungsrichter wird Ihnen gleich erklären, daß es sich hier nicht um sein Tun und Treiben heute handelt, sondern um Ihrer beider Tun und Treiben damals, als sie noch zusammenlebten.«

Aufdringlicher Parfümgeruch erfüllte bald den ganzen Raum. Mit schwer beringter Hand, die Fingernägel waren blutrot lackiert, öffnete Valentine Forlacroix eine Zigarettendose, die auf dem Tisch stand, suchte nach Streichhölzern.

Maigret gab ihr Feuer.

Der Untersuchungsrichter hielt den Augenblick für gekommen, sich einzuschalten und seine Rolle zu spielen.

»Sie wissen sicher genau, Madame, daß jeder wegen Beihilfe gerichtlich belangt werden kann, und zwar nicht nur, wenn er an einem Verbrechen beteiligt, sondern auch, wenn er dabei zugegen war und keine Anzeige erstattet hat.«

Sie war stark! Forlacroix hatte nicht gelogen. Sie nahm sich die Zeit für mehrere Züge aus ihrer Zigarette. In ihrem Nerzmantel, der über einem schwarzen Seidenkleid aufsprang, an dem ein Brillantklips steckte, durchmaß sie das geräumige Zimmer mit großen Schritten, dann blieb sie vor dem Kamin stehen, beugte sich hinab, ergriff die Feuerzange und schob ein Holzscheit nach.

Als sie sich umdrehte, spielte sie keine Komödie mehr. Sie war kampfbereit. Der Blick hatte an Glanz verloren, dafür aber an Schärfe gewonnen. Der Mund war angespannt.

»Also gut!« sagte sie, während sie sich auf einen Stuhl setzte und einen Ellbogen auf den Tisch legte. »Ich bin bereit, Ihnen zuzuhören. Aber Ihnen, Kommissar, gratuliere ich nicht zu der Falle, die Sie mir gestellt haben...«

»Welche Falle denn?« Der Untersuchungsrichter sah Maigret erstaunt an.

»Es war nicht mal eine Falle«, brummte dieser und drückte seine Pfeife mit dem Daumen aus. »Ich habe Madame telegrafisch um ihr Kommen gebeten, damit sie sich über den Besuch äußert, den sie ihrem Mann vor etwa einem Monat abgestattet hat. Wenn Sie erlauben, sollte diese Frage auch als erste geklärt werden...«

»Haben Sie verstanden, Madame? Ich mache Sie darauf aufmerksam, daß diese Vernehmung ohne meinen Gerichtsschreiber nicht offiziell ist und daß Rechtsanwalt Courtieux hier Ihren Mann vertritt.«

Sie stieß mit verachtungsvoller Miene den Rauch aus und zuckte die Achseln.

»Ich wollte die Scheidung«, erklärte sie.

»Weshalb gerade jetzt und nicht schon früher?«

Nun vollzog sich das Phänomen, von dem Forlacroix schon gesprochen hatte. Von einer Sekunde auf die andere wurde diese schmuckbehangene Frau peinlich ordinär.

»Weil van Usschen achtundsiebzig ist, kapiert?« bekannte sie unverblümt.

»Und er Sie noch heiraten soll?«

»Dazu ist er seit sechs Monaten entschlossen, seit nämlich sein Neffe ihn angepumpt hat, nachdem er etliche hunderttausend Francs beim Roulette verlor.«

»Sie sind also hier erschienen... Hat Ihr Mann Sie empfangen?«

»Im Hausflur.«

»Was hat er Ihnen gesagt?«

»Daß er mich nicht kennt und daher auch keinen Grund sieht, sich scheiden zu lassen.«

Maigret hätte am liebsten Beifall geklatscht, so typisch paßte diese Antwort zu Forlacroix. Er schrieb mit dem Bleistift ein paar Worte auf ein Stück Papier und reichte es dem Richter, denn er mußte nun vor diesem zurückstehen.

»Was haben Sie danach gemacht?«

»Ich bin nach Nizza zurückgefahren.«

»Moment! Haben Sie in Aiguillon nicht noch jemanden besucht?«

»Was meinen Sie damit?«

»Ihren Sohn zum Beispiel...«

Ein haßerfüllter Blick traf den Kommissar.

»Ich sehe, dieser Herr ist ein echter Spitzel. Es stimmt, ich habe mich mit meinem Sohn getroffen...«

»Getroffen?«

»Ich habe ihn aufgesucht.«

»Hat er Sie nach so vielen Jahren wiedererkannt?«

Sie zuckte mit der Achsel.

»Was spielt das für eine Rolle? Ich habe ihm erklärt, daß er nicht der Sohn von Forlacroix ist.«

»Wissen Sie das so genau?«

»Weiß man das je so genau? Ich habe ihm gesagt, daß ich mich scheiden lassen wollte, mein Mann sich aber weigerte, weil er ein grausamer Mensch sei, daß er etwas auf dem Gewissen habe, und ich, wenn es Albert gelänge, ihn zur Scheidung zu bewegen...«

»Kurz, Sie haben Ihren Sohn auf Ihre Seite gezogen? Haben Sie ihm Geld angeboten?«

»Er wollte nichts.«

»Hat er versprochen, Ihnen zu helfen?«

Sie nickte.

»Haben Sie ihm das Verbrechen von damals enthüllt?«

»Nein... Ich habe ihm nur gesagt, wenn ich wollte, könnte ich Forlacroix für lange Zeit ins Gefängnis bringen.«

»Haben Sie ihm danach geschrieben?«

»Um ihn zu fragen, ob er etwas erreicht hätte...«

»Haben Sie je von Doktor Janin gehört?«

»Nein!«

Der Untersuchungsrichter sah Maigret fragend an, und der Kommissar murmelte:

»Wenn Madame müde ist, könnten wir ihr ja vielleicht gestatten, zum Mittagessen zu gehen. Ich habe den Eindruck, daß Monsieur van Usschen sich im Wagen langweilt.«

»Bin ich verhaftet?«

»Noch nicht«, erklärte der Untersuchungsrichter. »Ich bitte Sie nur, sich dem Gericht zur Verfügung zu halten. Wenn Sie mir beispielsweise eine Adresse in La Roche-sur-Yon geben könnten...«

»Na gut! Hôtel des Deux Cerfs... das ist, glaube ich, das beste...«

Alle erhoben sich. Beim Hinausgehen bedachte sie den Untersuchungsrichter und den Rechtsanwalt mit einem Lächeln, aber Maigret hätte sie am liebsten die Zunge herausgestreckt oder eine Grimasse geschnitten, während der gut gelaunt seine Pfeife wieder ansteckte.

8

Die Kartoffelesser

Terz in Trumpf...«

»Reicht nicht, Alter... Fünfzig.«

»Zeig her, ob du wirklich fünfzig hast...«

Wie spät mochte es sein? Die Reklame-Uhr an der Wand war stehengeblieben. Die Lampen brannten schon eine Weile. Es war warm. Die kleinen Gläser hatte man drei- oder viermal nachfüllen lassen, und in den Pfeifenqualm mischte sich Trestergeruch.

»Egal! Ich spiele Trumpf!« sagte Maigret und legte eine Karte auf den Tisch.

»Das beste, was Sie tun können. Auch wenn Sie zufällig dahinter die Neun haben sollten...«

Es war die vierte oder fünfte Partie um tausend Punkte. Maigret rauchte, leicht in den Stuhl zurückgelehnt. Als Spielpartner hatte er den Wirt und zwei Fischer, einer war der alte Aalfänger Bariteau.

Rittlings auf einem Stuhl verfolgte Inspektor Méjat das Spiel.

»Ich wußte doch, daß Sie die Neun hatten.«

»Sag mal, Méjat, erinnerst du dich noch, wie der Gerichtsarzt hieß?«

»Müßte ich in meinem Notizbuch nachsehen.«

»Ruf ihn an und frage ihn, ob er feststellen kann, wie lange ungefähr vor seinem Tod der Mann noch etwas gegessen hat, und ob das eine richtige Mahlzeit war. Klar?«

»Wer hatte eine Fünfzig? Und sechsunddreißig...«

Der Wirt zählte zusammen. Maigret schien in wohlig warmer, banaler Glückseligkeit zu schwelgen, und wenn man ihn plötzlich gefragt hätte, woran er gerade dachte, hätte er sich selber gewundert.

Alte Erinnerungen! Er dachte an damals, als der Fall Bonnot lief, ja, als er noch mager war, mit langem, gezwirbeltem Schnurrbart und Kinnbart und als er zehn Zentimeter hohe abknöpfbare steife Kragen und Zylinder trug.

»Verstehst du, mein kleiner Maigret«, hatte damals sein Chef, Kommissar Xavier Guichard, der später Leiter der Kriminalpolizei wurde, zu ihm gesagt, »all diese Geschichten von Riecher und so (die Zeitungen hatten gerade angefangen, über seinen untrüglichen Instinkt zu schreiben), die liest das Publikum gern.

Aber bei einem Kriminalfall kommt es in erster Linie darauf an, jenen Tatbestand oder auch jene zwei bis drei unanfechtbar gesicherten Tatsachen, die durch gar nichts zu erschüttern sind und als Grundlage dienen können, erst einmal festzuhalten.

Dann muß man nur noch voranschreiten, langsam aber sicher, als schöbe man einen Schubkarren vor sich her. Das ist eine Sache der Berufserfahrung, und was die Leute Riecher nennen, ist nichts weiter als Zufall...«

So seltsam das auch erscheinen mochte, gerade wegen dieser Erinnerungen hatte er zu Méjats großer Verblüffung eingewilligt, Karten zu spielen.

Nach Valentine Forlacroix und dem Holländer waren

auch die beiden anderen mit dem Auto abgefahren, der Untersuchungsrichter und der Rechtsanwalt. Einen Augenblick lang war Maigret allein und irgendwie ratlos mitten auf der Straße stehengeblieben. Forlacroix war im Gefängnis, seine Tochter Lise im Sanatorium. Der Untersuchungsrichter hatte vor der Abfahrt noch die Siegel am Haus angebracht.

Er war befriedigt abgefahren, wie einer, der seine Beute nach Hause trägt. Von nun an verfügte er über alles! Er würde nun in seinem Zimmer im Gerichtsgebäude von La Roche-sur-Yon die Verhöre, die Gegenüberstellungen vornehmen...

»Ach was!« brummte Maigret und kehrte in den Gasthof zurück.

Warum fühlte er sich wie angeschmiert? War es denn nicht immer so? Und war dieses Gefühl, diese Art Eifersucht, nicht einfach lächerlich?

»Was machen wir nun, Chef?«

»Wo ist die Liste, die ich dir diktiert hatte?«

Didine und ihr Mann... Marcel Airaud... Thérèse... Albert Forlacroix...

»Mit wem fangen wir an?«

Nun, er hatte damit angefangen, daß er Karten spielte.

Während sein Partner die Punkte zusammenzählte, hatte er, der sich fast nie Notizen machte, auf einmal einen Bleistift und ein Notizbuch aus der Tasche gezogen und dann beim Schreiben so kräftig aufgedrückt, daß die Mine abbrach:

Doktor Janin ist am Dienstag um Viertel nach vier oder um halb fünf in Aiguillon angekommen.

Das war die erste gesicherte Tatsache, wie Xavier Guichard gesagt hätte. Und weiter? Fast hätte er ergänzt, daß derselbe Janin im Laufe des Abends im Haus des Richters getötet worden war. Aber das war schon nicht mehr so sicher. Nach drei Tagen hatte der Gerichtsmediziner sich, was den Zeitpunkt des Todes betraf, nur noch mit einer Spanne von ein paar Stunden festlegen wollen. Und durch nichts war bewiesen...

Mittwoch früh liegt Janins Leiche in der Obstkammer des Richterhauses auf dem Fußboden.

»Herz ist Trumpf. Stechen Sie?« erstaunt sah man ihm in seine weit aufgerissenen Augen, die ins Leere starrten.

»Also gut, Herz! Wer ist dran?«

Aus Respekt schluckte der Wirt die jetzt fällige Antwort hinunter:

»Immer der, der dumm fragt...«

Maigret warf von Zeit zu Zeit einen Blick auf diese beiden kurzen Sätze, die einzigen gesicherten Tatsachen des Falles.

Man hörte Méjat unter der Treppe telefonieren. Am Telefon sprach er immer mit einer gräßlichen Kopfstimme.

»Nun?«

»Der Doktor mußte erst seinen Bericht noch mal durchlesen. Nach dem Mageninhalt eine normale Mahlzeit... Es gab erhebliche Alkoholspuren.«

Méjat konnte nicht verstehen, warum der Kommissar sich jetzt so befriedigt im Stuhl zurücklehnte, daß er dabei fast das Gleichgewicht verlor und sich am Tisch festhalten mußte.

»Hört, hört«, begann er, nachdem er zuerst sein Blatt studiert hatte, »der hat also gegessen, der Junge!«

Es war ja vielleicht nicht gerade viel. Aber immerhin ... Janin hatte nicht im Hôtel du Port gegessen und auch nicht im Gasthof gegenüber, und weiter gab es nichts in Aiguillon.

»Terz ...«

»Wie hoch?«

»Bis zum König ... übrigens, der junge Forlacroix besitzt doch einen Lastwagen?«

»Schon, aber der ist seit zwei Wochen in Reparatur.«

Es war nichts bekannt, daß ein Autofahrer Janin irgendwohin mitgenommen hatte. Wenn er also gegessen hatte ...

»Méjat, lauf gleich mal zum Fleischer, es gibt doch nur einen Fleischer hier, nicht wahr?«

»Und er schlachtet bloß einmal die Woche«, antwortete der Wirt.

»Frag ihn, ob nicht letzten Dienstag zwischen vier und sieben Uhr jemand bei ihm ein großes Stück ...«

»Wer?«

»Egal wer ...«

Méjat zog den Mantel an und machte sich lustlos auf den Weg. Als er die Tür auf- und zumachte, strömte kalte Luft herein, die einem zwischen die Beine kroch. Thérèse saß neben dem Ofen und strickte. Die Tür war kaum zu, als sie wieder aufging. Méjat machte dem Kommissar Zeichen.

»Was willst du?«

»Kann ich Sie kurz sprechen, Chef?«

»Einen Augenblick. Trumpf! Höchste Karte Treff!

Und daß Sie mir ja das Karo-As lassen! Sie werden hier keinen Stich kassieren!«

Dann wandte er sich Méjat zu:

»Was gibt's?«

»Didine ist draußen... Sie bittet Sie, sofort zu kommen. Es scheint sehr dringend zu sein.«

»Gib mir meinen Mantel und den Hut, Thérèse. Und du übernimmst einen Moment meinen Platz.«

Vor dem Hinausgehen steckte er noch die Pfeife an. Die Nacht war tiefschwarz, der Boden hart gefroren. Man sah nur ein paar Lichter auf der Straße und das mit Reklametransparenten bepflasterte Schaufenster des Kolonialwarengeschäfts. Didines kleine Gestalt klammerte sich gewissermaßen fest an der des Kommissars.

»Kommen Sie mit. Gehen wir besser nicht zusammen. Folgen Sie mir einfach, man braucht nicht zu merken, daß ich Sie führe...«

Sie trug einen halbvollen Sack und in der anderen Hand eine kleine Sichel wie all die Alten, die für ihre Kaninchen Gras schneiden. Als sie an dem Haus von Albert Forlacroix vorbeigingen, bewegte sich eine Gestalt im Dunkeln: der dort Wache stehende Gendarm salutierte.

Von Zeit zu Zeit drehte sich Didine um und vergewisserte sich, daß der Kommissar ihr folgte. Plötzlich verschwand sie, wie von der schwarzen Leere verschluckt, die durch eine Lücke zwischen zwei Häusern entstand. Er bog in diese Richtung ein. Eine eiskalte Hand berührte die seine.

»Vorsicht! Hier sind Eisendrähte!«

Bei Tag war das zweifellos ein ganz gewöhnlicher

Ort. Aber jetzt in der Dunkelheit und geführt von dieser seltsamen kleinen Hexe mit ihrem Sack und ihrer Sichel, hatte Maigret Mühe, sich in dem Gelände zurechtzufinden. Er stolperte über Austernschalen, dann drang ihm ein starker Geruch aus Abfalleimern in die Nase.

»Steigen Sie rüber! Hier ist ein Drahtzaun.«

Gefrorene Kohlköpfe. Er befand sich in einem Gemüsegarten, hinter den Häusern. Es gab noch mehr ähnliche Gemüsegärten hier, die durch alte Drahtzäune unterteilt waren. Etwas Lebendiges bewegte sich: Karnickel in einem Stall.

»Ich wollte gerade Gras für meine Kaninchen holen«, erklärte sie im Weitergehen.

Das Dorf bestand im Grunde aus einer einzigen Häuserzeile, die sich die ganze Straße entlangzog. Hinter den Häusern lagen die Gemüsegärten, dann gab es einen Graben, in den bei Flut Meerwasser einfloß und schließlich das endlos weite Marschland.

»Machen Sie kein Geräusch. Reden Sie nicht. Passen Sie auf, wo Sie hintreten!«

Sie ließ seine Hand nicht los, und ein paar Sekunden später ging sie an einer weiß gekalkten Mauer entlang. In der Nähe eines schwach erleuchteten Fensterchens erahnte er eine Gestalt, dann erkannte er Didines Zöllner, der einen Finger an die Lippen legte.

Er wußte selber nicht recht, was er eigentlich erwartete. Aber bestimmt alles andere als das Schauspiel, das sich ihm nun darbot, es war ein beschaulicher Anblick wie auf jenen billigen Reproduktionen, die auf dem Land über Generationen an derselben Stelle hängen.

Justin Hulot war beiseite getreten, um ihm an dem kleinen Fenster Platz zu machen. Es war ein bißchen niedrig für ihn, so daß er sich bücken mußte. Hinter der Scheibe brannte mit gelblichem Lichtschein eine Stalllaterne, die auf einem Faß stand.

Maigret hatte sich bereits ausgerechnet, daß sie genau hinter dem Haus von Albert Forlacroix sein mußten. Was sie da vor sich sahen, war der Innenraum eines Schuppens, der hinten im Hof lag und wie überall auf dem Land als Abstellraum für leere Fässer, Töpfe, verrostete alte Geräte, Säcke, Kisten, Flaschen diente.

In einem Kamin, wo wohl das Viehfutter gekocht und wahrscheinlich auch der weihnachtliche Schweinebraten gegart wurde, brannten ein paar Holzscheite.

Davor saßen zwei Männer, der eine auf einer Kiste, der andere auf einem umgestülpten Korb. Sie trugen jene hohen, am Knie umgeschlagenen Gummistiefel, die Maigret immer an die drei Musketiere denken ließen.

Sie waren beide groß und kräftig, und jung. Zwei merkwürdig gekleidete Hünen. Sie trugen nur den traditionellen Aufzug der Muschelzüchter, aber in dieser Beleuchtung erinnerten sie eher an zwei Gestalten, die einem Gemälde im Museum entstiegen zu sein schienen.

Der eine zog eine Zigarette aus der Tasche und reichte sie seinem Gefährten. Der ergriff ein glimmendes Holzstück im Kamin. Sie redeten. Man sah, wie ihre Lippen sich bewegten; leider konnte man aber nichts verstehen.

Jener der beiden Männer, der eine Zigarette aus der Tasche gezogen hatte und sich jetzt ebenfalls eine nahm, war Albert Forlacroix. Der zweite, der dicht am Kamin saß, kaum wiederzuerkennen durch den üppig wuchernden, bereits mehrere Zentimeter langen blonden Bart, war Marcel Airaud.

Didines magerer Körper streifte Maigret. Sie flüsterte:

»Sie waren schon vor einer Stunde da, als ich zum erstenmal reinsah. Es wurde gerade dunkel. Der junge Forlacroix ist kurz weggegangen, um Kartoffeln zu holen...«

Die Sache mit den Kartoffeln begriff er nicht, sie kam ihm unsinnig vor.

»Ich wollte nicht ins Café reingehen und habe vorsichtig an die Scheiben geklopft. Aber Sie haben Karten gespielt und nichts bemerkt.«

Komisches Frauenzimmer! Dann war sie also heimwärts getrippelt und hatte ihren Mann auf Wache geschickt.

Hatte sie da beim Grasschneiden für die Kaninchen nur zufällig einen Blick zu Albert Forlacroix hinein geworfen? Aber aus welchen Überlegungen hätte sie sich sonst gerade hier aufgehalten? Das war noch das Verwirrendste an der Geschichte. Ihr Mann hatte sich zwei, drei Meter entfernt und wartete.

»Ich habe mir schon gedacht, daß er zurückkommen würde«, sagte sie noch.

»Und daß er sich mit Albert Forlacroix treffen würde?«

»Pst!«

Maigret konnte einfach nicht leise sprechen, so schwieg er lieber.

»Werden Sie beide verhaften?« flüsterte sie.

Er antwortete nicht, blieb regungslos stehen. Das Leuchtfeuer von Baleines kreiste hinter ihnen in gleichmäßigem Rhythmus am Himmel, hin und wieder kam ein Muhen aus dem Marschland. Die Kartenpartie im Hôtel du Port ging wohl weiter, und Thérèse machte sich gewiß Sorgen um Maigrets Ausbleiben.

Und die beiden Männer hier... Noch nie war dem Kommissar aufgefallen, wie sehr sie sich ähnelten. Die ständige Berührung mit Salzwasser, Gischt, Seeluft hatte beider Haut kräftig gerötet und das Haar ausgebleicht.

Sie waren beide schwerfällig, wie Menschen sind, die im ständigen Kampf mit den Naturgewalten stehen.

Sie rauchten und redeten langsam, dabei sahen sie ins Feuer, Marcel stocherte nach einer Weile mit einem Stück Eisen in der Asche herum, und sein Gesicht bekam einen freudigen Ausdruck.

Er sagte etwas zu Albert, der aufstand und sich der niederen Tür zuwandte, durch die er nur gebückt gehen konnte. Als er kurz darauf zurückkam, hatte er zwei plumpe Gläser in der Hand, die er in einer Ecke direkt aus dem Faß vollschenkte.

Weißwein! Nie im Leben hatte Maigret eine solche Lust auf Weißwein gehabt, so verlockend erschien ihm dieser hier. Was die Kartoffeln betraf... Denn es gab hier tatsächlich Kartoffeln...

Das weckte Kindheitserinnerungen an Stiche, wie man sie in den Büchern von Fenimore Cooper und Jules Verne findet. Man war hier in Frankreich, mitten in einem französischen Dorf, zugleich aber war man sehr weit weg. Die beiden Männer hätten auch Trapper oder Schiffbrüchige auf einer einsamen Insel sein können. Ihre Arbeitskleidung war zeitlos. Marcels wild wuchernder Bart verstärkte noch die Illusion.

Und was er nun mit seinem Stück Eisen aus der Asche holte, waren heiße, schwarze Kartoffeln, er ließ die verkohlte Schale zwischen seinen plumpen Fingern zerplatzen, und der gelbliche, dampfende Inhalt kam zum Vorschein. Er biß hinein.

Da erhob sich sein Gefährte, er stieß mit dem Kopf fast an die Decke. Er zog ein Messer aus der Tasche und schnitt zwei Würste von einer Kette ab, die über dem Kamin trocknete.

»Was machen die denn?« flüsterte Didine.

Er antwortete nicht. Zu gerne hätte er an diesem improvisierten Mahl teilgenommen, den in der Asche gegarten Kartoffeln, den vom Abhängen braun gewordenen Würsten, dem Wein, der ihm so erfrischend schien, zugesprochen.

Am verwirrendsten war, daß diese beiden Burschen, die nicht im entferntesten ahnten, daß man ihre Gesten, ihre Mundbewegungen heimlich beobachtete, da so ruhig und ungezwungen saßen.

Was sie sich wohl erzählten? Sie waren einfach da, vertrauten auf sich und den anderen. Wie richtige Bauern und Seeleute hockten sie da vornübergebeugt und aßen mit dem Messer, das jeder aus der Tasche gezogen hatte. Sie redeten ohne jede Hektik. Von Zeit zu Zeit äußerten sie einen kurzen Satz, dann verstummten sie wieder.

»Sie verhaften sie nicht?«

Maigret fuhr zusammen, irgend etwas hatte sein Bein

gestreift. Es war nur ein Hund, ein ganz junger Jagdhund, der wohl einem Nachbarn gehörte und sich lautlos an ihn kuschelte.

»Justin!« rief Didine.

Sie deutete auf den Hund, der ja plötzlich loskläffen konnte. Der Zöllner packte das Tier am Genick und trug es fort.

Es herrschte allerdings auch nicht gerade Fröhlichkeit jenseits des Fensterchens. Weder Unruhe noch Fröhlichkeit. Die Stille lastete. Albert stand auf, um neue Würste abzuschneiden, und als er sich so einen Augenblick lang in seine Richtung wandte, glaubte Maigret schon, er habe ihn durch die Scheibe bemerkt.

Endlich wischten sie sich den Mund ab und zündeten sich wieder eine Zigarette an. Airaud gähnte. Wie lange hatte er, von der Gendarmerie ständig gejagt, schon nicht mehr ruhig geschlafen? Er stocherte mit der Messerspitze zwischen seinen Zähnen herum und lehnte den Kopf an die Wand.

Wieder verschwand der junge Forlacroix. Diesmal blieb er länger weg, und Maigret wurde schon unruhig. Dann stieß er aber doch mit dem Fuß die Tür auf. Er war voll bepackt. Auf dem Kopf trug er eine zusammengeklappte Matratze, unter den Armen Dekken und ein Kopfkissen. Marcel half ihm. Sie waren ganz unerwartet sogar um Reinlichkeit besorgt. Bevor sie die Matratze auf den Boden legten, holte Airaud einen alten Stallbesen aus der Ecke und fegte den gestampften Lehmfußboden.

Der Zöllner war, nachdem er sich den Hund vom

Halse geschafft hatte, auf seinen Posten zurückgekehrt und wartete ohne eine Spur von Ungeduld.

»Sie verhaften sie nicht?« flüsterte Didine noch einmal und erschauerte.

Airaud zog sein Ölzeug aus und setzte sich auf den Boden, um sich der Stiefel zu entledigen. Er streifte die Socken ab und rieb sich lange hingebungsvoll die geschwollenen Füße. Der andere stellte ihm eine Frage. Bot er ihm heißes Wasser für ein Fußbad an? Maigret hätte darauf geschworen. Marcel reckte sich noch einmal und legte sich dann in voller Länge auf die Matratze, wobei er so tief aufseufzte, daß man ihn draußen zu hören meinte.

Albert Forlacroix ergriff die Stallaterne, sah sich nochmal um, als sein Blick auf das Fensterchen fiel, runzelte er die Stirn. Hatte er das vergessen? Aber nein! Er beruhigte sich. Er wußte ja, daß davor nur Marschland lag.

Mit einer etwas komischen Geste griff er seinem Gefährten in den wirren Haarschopf. Dann entfernte sich die riesige schwerfällige Gestalt, die am ausgestreckten Arm die Stallaterne hielt, und machte die Tür hinter sich zu.

»Gibt es auch auf dieser Seite einen Ausgang?« fragte Maigret, nachdem er Didine zur Seite gezogen hatte.

Sie zeigte auf eine niedrige Mauer, die den Hof von Forlacroix teilte.

Also ließ er den Zöllner als Posten da. Wieder bahnte er sich seinen Weg zwischen Austernschalen, Abfalleimern und Flaschenscherben. Er ließ Didine auf der Straße zurück und begab sich zur Gendarmerie.

Sobald er den Zöllner Hulot durch einen Gendarmen abgelöst hatte, betrat er wieder die Straße. Didine, mit ihrem halbvollen Sack und der Sichel, stand immer noch da. War das Spott in ihren Augen?

»Nun, was sagen Sie dazu? Mir scheint, ohne die alte Didine... Wie viele Gendarmen hatten sie ihm denn auf den Hals gehetzt? Gendarmen!«

Sie lachte geringschätzig.

»Aber wenn man sich natürlich zu fein ist, mich mal zu besuchen, wo ich doch...«

»Gehen Sie jetzt nach Hause!« empfahl er ihr. »Heute abend... oder morgen...«

»Oder am Sankt Nimmerleinstag«, fiel sie ihm nüchtern ins Wort. »Komm, Justin! Wetten, daß die am Schluß noch nicht mal im Gefängnis landen.«

Der Gendarm, der Albert Forlacroix' Haus überwachte, stand jetzt nicht mehr in der dunklen Ecke, sondern mitten auf der Straße.

»Ist er weg?« erkundigte sich Maigret.

»Da... Sehen Sie die Gestalt da hinter der dritten Gaslaterne? Das ist er, jetzt stößt er gerade die Tür zum Gasthof auf.«

Ein paar Minuten später stieß auch Maigret diese Tür auf. Die Kartenpartie war noch in Gang. Wie nicht anders zu erwarten, redete Méjat vor jedem Stich lange herum.

»Also ich sage Ihnen, wenn Sie jetzt sozusagen auffordern, Herz auszuspielen... Endlich, Kommissar... Soll ich also...«

Albert Forlacroix saß ganz allein an einem langen Tisch, an dem Platz für zehn Personen gewesen wäre.

Er verfolgte das Spiel von weitem. Thérèse hatte ihm ein Glas Wein hingestellt, aber er zeigte keine Eile, davon zu trinken.

»Verständlich«, brummte Maigret, der an den Wein vom Faß, an die Kartoffeln und Würste dachte.

»Wollen Sie übernehmen, Chef?«

»Nicht jetzt. Spiel weiter.«

Er hatte den Mantel nicht ausgezogen. Er überlegte noch und beobachtete den jungen Mann, der die langen Beine von sich gestreckt hatte.

Fühlte er sich in Form? Würde er es schaffen? Wenn er die Sache anfing, müßte er sie zu Ende führen, auf jeden Fall. Die Wanduhr stand immer noch. Er sah auf seine Uhr. Sieben. Thérèse deckte die Tische.

Sollte er zuerst essen? Oder lieber...

»Gib mir ein kleines Glas Weißwein, Thérèse!«

Bestimmt kein Vergleich zu dem Wein, den die beiden getrunken hatten!

Albert Forlacroix beobachtete ihn nachdenklich.

»Sag mal, Méjat...«

»Ja, Chef... Pardon... Daß ich nicht vergesse, meine Terz...«

»Die ist gut.«

»Der Fleischer?«

»Er war vorhin hier. Ich habe ihn gefragt. Er kann sich nicht erinnern... Wenn jemand um diese Zeit bei ihm ein großes Stück Fleisch gekauft hätte, würde er sich schon erinnern, behauptet er...«

Er drehte sich im Kreis. Er überlegte immer noch. Er ging die zwei Stufen hinab, die zur Küche führten, und lüftete die Topfdeckel.

»Was haben Sie uns denn zum Abendessen gekocht?«

»Kalbsleber gut bürgerlich. Ich hoffe, Sie mögen das? Ich habe nicht dran gedacht, Sie zu fragen ...«

Das brachte die Entscheidung. Kalbsleber in jeder Form war ihm zuwider.

»Hör mal, Méjat ... Sobald du fertig bist, kommst du auf einen Sprung rüber ins Gemeindeamt. Ist dort geheizt?«

»Vorhin brannte das Feuer noch.«

Endlich pflanzte er sich vor Albert Forlacroix auf.

»Könnten wir uns nicht mal unterhalten? Aber vielleicht besser in meinem Büro. Zu Abend gegessen haben Sie doch, oder?«

Der junge Mann erhob sich wortlos.

»Also dann.«

Und sie gingen beide hinaus in die dunkle Nacht.

9

Das »Liedchen«

Einer vom Quai des Orfèvres, Lucas etwa oder Janvier, hätte mit einem Blick erkannt, was mit Maigret los war. Schon an seinem Rücken konnte man das ablesen. Wurde er immer runder? Ließ Maigret die Schultern hängen? Jedenfalls, wenn er mit diesem Rücken durch den langen Korridor der Kriminalpolizei gegangen wäre, um wortlos einen Mann in sein Büro zu führen, hätten sich die Inspektoren nur angesehen.

»Naja! Drin ist der Zeuge, aber wer weiß, wann...«

Und sie hätten sich auch nicht gewundert, wenn dann zwei oder drei Stunden später der Kellner aus der Brasserie Dauphine mit belegten Brötchen und Bier gekommen wäre.

Aber hier gab es keinen Menschen, der Maigret und seinen Begleiter beobachtete, als sie die dunkle Straße entlanggingen.

»Würden Sie einen Moment auf mich warten?«

Der Kommissar betrat den kleinen Kolonialwarenladen, der von den seltsamsten Gerüchen erfüllt war, kaufte gewöhnlichen Tabak und Streichhölzer.

»Geben Sie mir auch ein Päckchen schwarze Zigaretten. Oder besser zwei Päckchen!«

In einem Glasbehälter entdeckte er, ganz verklumpt, seine Lieblingsbonbons aus Kindertagen, traute sich aber nicht, welche zu kaufen. Albert Forlacroix schwieg, während sie weitergingen, er bemühte sich sichtlich, ungezwungen zu wirken.

Das Tor, der Hof des Gemeindeamtes – im Büro empfing sie ein Schwall warmer Luft, der Ofen glühte im Dunkeln.

»Treten Sie ein, Forlacroix. Machen Sie sich's bequem.«

Maigret knipste die Lampen an, legte Hut und Mantel ab, füllte den Ofen nach, schritt zwei- oder dreimal den ganzen Raum ab, und ein Anflug von Beklommenheit spiegelte sich in diesen Augenblicken in seinem Gesicht. Er ging unruhig auf und ab, seine Blicke irrten bald hierhin, bald dorthin, er schob irgendeinen Gegenstand an eine andere Stelle, paffte, brummte vor sich hin, als wartete er auf etwas, das nicht eintraf.

Und dieses Etwas war, daß er sich wohl in seiner Haut fühlen wollte, wie er das nannte, um das Wort Inspiration zu vermeiden.

»Setzen Sie sich. Sie können ruhig rauchen.«

Er wartete ab, bis Forlacroix auf die für viele Landbewohner typische Art eine einzelne Zigarette aus der Jackentasche gezogen hatte, in der die Packung offen steckte, gab ihm Feuer, und bevor er sich nun selber setzte, fiel ihm wieder das Fensterchen im Schuppen ein; er sah sich also das Fenster des Gemeindeamtes an und wollte den Laden schließen, aber er brachte dieses Fenster nicht auf, so ließ er nur den staubigen Vorhang herab.

»Also dann, Forlacroix!« seufzte er, während er sich

sichtlich befriedigt niederließ. »Was erzählen Sie mir Schönes?«

Das »Liedchen«, wie man es am Quai des Orfèvres nannte, konnte beginnen. Albert war auf der Hut. Mit leicht zurückgelehntem Oberkörper, weil seine Beine zu lang für den Stuhl waren, sah er dem Kommissar lauernd ins Gesicht und machte keinen Hehl aus seinem Groll.

»Haben Sie meine Mutter hierher kommen lassen?« fragte er nach kurzem Schweigen.

Also hatte er sie gesehen, und zwar entweder als sie aus dem Wagen ausstieg oder als sie wieder einstieg. Und auch den Holländer Horace van Usschen hatte er gesehen.

»Die Aussage Ihrer Mutter war unerläßlich«, entgegnete Maigret. »Sie ist jetzt in La Roche-sur-Yon, wo sie bestimmt ein paar Tage bleibt. Vielleicht können Sie sie dort besuchen?«

Und während er den jungen Mann prüfend ansah, dachte er:

So sehr du deinen Vater haßt, mein Junge, oder jedenfalls den, der als dein Vater gilt, so abgöttisch liebst du deine Mutter...

Dann sagte er ganz plötzlich, ohne Übergang:

»Bei Ihrer letzten Begegnung hat sie Ihnen bestätigt, daß Forlacroix nicht Ihr Vater ist, stimmt's?«

»Das wußte ich bereits!« knurrte Albert.

»Und zwar schon ziemlich lange, möchte ich wetten... Also... Wie alt waren Sie damals, als Sie diese Entdeckung machten? Das muß doch furchtbar für Sie gewesen sein, oder?«

»Im Gegenteil!«

»Sie haben Richter Forlacroix schon gehaßt, bevor Sie es erfuhren?«

»Ich konnte ihn nicht leiden!«

Er war vorsichtig, der Kerl. Er wägte seine Worte ab wie ein Bauer auf dem Markt. Auch wenn es in seinem Innern vielleicht anders aussah, ließ er sich nicht aus der Reserve locken, vielleicht weil er seinen Jähzorn kannte.

»Wie alt waren Sie, als...?«

»Ungefähr sechzehn. Ich war in Luçon auf dem Gymnasium. Man hat mich für mehrere Tage herausgenommen. Mein Vater, ich meine Forlacroix, hatte einen berühmtem Arzt aus Paris kommen lassen. Erst habe ich geglaubt, wegen meiner Schwester, aber es ging auch um mich...«

»War Ihre Schwester schon... sonderbar?«

»Sie war nicht ganz so wie andere.«

»Und Sie?«

Albert zuckte zusammen, blickte ihm in die Augen.

»Kein Mensch hat mir je gesagt, ich sei nicht normal. Auf dem Gymnasium war ich ein ausgezeichneter Schüler. Der Arzt hat mich stundenlang untersucht, Blutproben gemacht, Tests... Der Richter stand die ganze Zeit hinter ihm, er war ängstlich und überreizt, er redete von Dingen, die ich nicht verstand... Oder vielmehr, es ging um Blutgruppen, Blutgruppe A, Blutgruppe B... Tagelang hat er dann ungeduldig auf die Untersuchungsergebnisse gewartet, und als sie eintrafen – mit dem Briefkopf eines Pariser Laboratoriums, hat er mich unbewegt angesehen, mit einer Art eisigem Lächeln, als fühlte er sich endlich von einer schweren Last befreit...«

Albert sprach langsam, wägte seine Worte genau ab.

»Ich habe die älteren Mitschüler auf dem Gymnasium gefragt und erfahren, daß ein Kind zwangsläufig dieselbe Blutgruppe hat wie seine Eltern und daß in bestimmten Ländern ein solcher Test als Vaterschaftsnachweis vor Gericht zugelassen ist... Nun, ich hatte nicht dieselbe Blutgruppe wie der Richter...«

Das klang beinahe triumphierend.

»Ich wollte zuerst fliehen, hatte aber kein Geld. Ich wäre gern zu meiner Mutter gegangen, wußte aber nicht, wo sie wohnte, und der Richter schwieg sich aus, sobald man auf sie anspielte. Ich habe dann meinen Militärdienst abgeleistet. Nach meiner Entlassung beschloß ich, hier so zu leben wie die Einheimischen...«

»Vom Temperament her sind Sie eher gewalttätig, nicht wahr? Aber sagen Sie mal, warum wollten Sie ausgerechnet im selben Ort bleiben wie der Richter?«

»Wegen meiner Schwester... Ich habe ein Haus gemietet und angefangen, am Muschelzaun zu arbeiten. Ich habe den Richter aufgesucht und ihn gebeten, mir meine Schwester zu überlassen...«

»Das hat er natürlich abgelehnt!«

»Warum sagen Sie ›natürlich‹?«

Wieder sah er mißtrauisch auf.

»Weil der Richter seine Tochter offenbar heiß liebt.«

»Oder haßt!« murmelte Albert.

»Glauben Sie?«

»Mich jedenfalls haßt er.«

Er erhob sich abrupt.

»Was hat das alles mit Ihrem Fall zu tun? Sie wollten mich nur zum Reden bringen, wie?«

Er fingerte in seiner Tasche, fand aber keine Zigaretten mehr, und Maigret hielt ihm das Päckchen hin, das er eigens gekauft hatte.

»Setzen Sie sich, Forlacroix.«

»Stimmt es, daß der Richter gestanden hat?«

»Was gestanden?«

»Sie wissen genau, wovon ich spreche...«

»Er hat ein altes Verbrechen gestanden. Damals in Versailles hat er Ihre Mutter mit einem Mann überrascht und diesen Mann getötet.«

»Ach!«

»Sagen Sie mal, Forlacroix...«

Schweigen. Maigret sah ihn eindringlich an.

»Waren Sie mit Marcel Airaud befreundet?«

Wieder Schweigen. Der Bürgermeister hatte wie gewöhnlich Wein auf den Tisch gestellt, und Maigret schenkte sich ein.

»Was hat das damit zu tun?«

»Nichts. Oder nicht viel. Sie sind doch im gleichen Alter. Er ist Muschelzüchter, wie Sie... da müssen Sie sich doch beim Fischfang treffen, auf dem Tanzboden, was weiß ich wo? Ich spreche jetzt von der Zeit, bevor er durchs Fenster ins Zimmer Ihrer Schwester kletterte.«

»Wir waren befreundet, ja.«

»Sie leben doch allein, nicht? Das ist ziemlich ungewöhnlich für Ihr Alter, so ein Hang zur Einsamkeit. Ihr Haus ist recht groß.«

»Ich habe jeden Tag eine Frau für den Haushalt.«

»Ich weiß. Und fürs Essen? Sie wollen mir doch nicht erzählen, daß Sie selber kochen?«

Unwillig fragte sich Albert Forlacroix, worauf der Kommissar hinauswollte.

»Manchmal schon. Ich bin nicht verwöhnt. Eine Scheibe Schinken, ein paar Eier. Muscheln als Vorspeise. Von Zeit zu Zeit gehe ich zum Essen ins Hôtel du Port.«

»Merkwürdig ...«

»Was ist merkwürdig?«

»Nichts. Sie! Sie leben also in Aiguillon, wie Sie mitten im Busch leben würden. Haben Sie nie ans Heiraten gedacht?«

»Nein.«

»Und Ihr Freund Airaud?«

»Der ist nicht mein Freund.«

»Er ist nicht *mehr* Ihr Freund, das stimmt. Im Grunde genommen haben Sie beide sich doch verkracht, als das Gerücht aufkam, daß er gelegentlich die Nacht bei Ihrer Schwester verbringt?«

Jetzt wurde Forlacroix' Unbehagen sichtbar. Anfangs hatte er trotz seines Mißtrauens Maigrets Fragen nicht allzuviel Bedeutung beigemessen. Nun hatte er plötzlich das Gefühl, ihm in ein engmaschiges Netz gegangen zu sein. Worauf wollte der Kommissar hinaus? Er goß ihm zu trinken ein, schob ihm die Zigarettenpackung hin.

»Trinken Sie... Rauchen Sie... Machen Sie es sich bequem. Vielleicht dauert es noch eine Weile.«

Man sah Forlacroix an, daß er sich schwor: »Ich sage gar nichts mehr! Ich antworte nicht mehr auf seine Fragen!«

Maigret machte einen kleinen Rundgang durchs Zimmer und betrachtete eingehend die Gipsbüste der ›Republik‹.

»Haben Sie Hunger?«

»Nein.«

»Sie haben wohl schon zu Abend gegessen? Ich jedenfalls habe einen Bärenhunger, wenn ich doch wenigstens ein paar Kartoffeln mitgebracht hätte...«

Jawohl, mein Junge! Zuck du nur zusammen! Aber wie gelassen du das einsteckst!

»So wie Sie und Airaud gebaut sind, kann ich mir vorstellen, daß Sie im Dorf ganz schön umschwärmt sind. Die Mädchen laufen Ihnen doch sicherlich hinterher.«

»Mädchen interessieren mich nicht.«

»Airaud schon! Der setzt mit ihnen sogar Kinder in die Welt! Als Sie erfuhren, daß er der Liebhaber Ihrer Schwester war, muß Sie das doch aufgebracht haben. Kaum zu glauben, daß dann nichts Schlimmeres passiert ist...«

»Wir haben uns geprügelt.«

»Sicher mehrmals, oder? Denn er hat ja weitergemacht... Ganz schön verwirrend. Ich kenne ihn ja kaum. Aber Sie kennen ihn doch besser... Vielleicht war Marcel doch wirklich in Ihre Schwester verliebt, was meinen Sie?«

»Keine Ahnung.«

»Gewisse Leute behaupten das jedenfalls. Es heißt, daß er sie heiraten wollte und mit dem Richter schon alles abgesprochen hatte. Unter diesen Umständen hätten Sie sich ja mit ihm versöhnen können, oder? Er wäre doch Ihr Schwager geworden. Schade, daß er geflüchtet ist, das spricht nicht eben für ihn. Ich kann Ihnen im Vertrauen sagen, daß ich einen Vorführungsbefehl gegen ihn habe. Warum hätte er denn verschwinden und sich in der Marsch verkriechen sollen, wenn er nicht schuldig ist?«

Forlacroix rauchte eine Zigarette nach der anderen. Manchmal ging draußen jemand mit schweren Schritten vorbei, der zu einer Karten-Partie ins Café du Port unterwegs war.

Und das »Liedchen« war noch nicht aus. Hin und wieder, wenn Maigret der Wand zugekehrt dastand, war ihm eine gewisse Entmutigung anzusehen. Er hatte schon andere vor sich gehabt, stundenlang ausgekochte, gerissene Kerle verhört, die um keine Antwort verlegen waren.

Das berühmteste dieser Verhöre am Quai des Orfèvres hatte volle siebenundzwanzig Stunden gedauert, sie waren damals zu dritt gewesen und hatten sich immer abgelöst, um dem Mann keine Minute Pause zu gönnen.

Aber einen so schwerfälligen Klotz wie Albert Forlacroix hatte er doch noch nie zum Reden bringen müssen.

»Marcel ist ein Einzelkind, glaube ich? Und seine Mutter ist verwitwet? Hat sie denn etwas Vermögen?

Ich frage Sie danach, wenn er nämlich schuldig gesprochen wird, sieht das Leben dieser armen Frau...«

»Lassen Sie sich ihretwegen keine grauen Haare wachsen. Sie ist reicher als die meisten Einwohner von Aiguillon.«

»Um so besser! Denn je mehr ich darüber nachdenke... Hören Sie! Soll ich Ihnen mal ganz unter uns erzählen, wie die Dinge sich abgespielt haben? Einen Augenblick, ich muß nur mal schnell telefonieren. Ich war drauf und dran, es zu vergessen, das hätte schlimm ausgehen können. Hallo, Mademoiselle! Ja, ich bin's. Mein Schuldkonto in Pralinen... Ach ja, stimmt, Sie sind mehr für kandierte Maronen... wie gesagt, mein Schuldkonto wächst und wächst... Das Büro ist geschlossen, ich weiß... würden Sie mich dennoch mit Nantes verbinden? Mit der Bereitschaftspolizei, ja... Vielen Dank, Mademoiselle.«

Nur nicht locker lassen! Er mußte Forlacroix in Atem halten.

»Anfangs wollte er sich nur amüsieren, was in seinem Alter durchaus verständlich ist. Damals hat es ihm wenig ausgemacht, daß Ihre Schwester nicht ganz so war wie die anderen. Dann hat er sich verliebt und über die Möglichkeit nachgedacht, sie zu heiraten. Hat er da nicht mit Ihnen gesprochen?«

»Wir redeten nicht miteinander!«

»Ich vergaß! Da er Ihren Vater aufgesucht hat, wäre es ja möglich gewesen, daß er auch Sie aufgesucht hätte, um Ihnen zu erklären, wie die Sache stand und daß er ernste Absichten hatte... Na ja! Wenn Sie sagen, daß er das nicht getan hat... Hallo! Ja! Hier Maigret.

Hören Sie ... Ich möchte Sie um einen Gefallen bitten ... Haben Sie die Adresse von Doktor Janins Dienstmädchen? Gut! Wissen Sie, es ist nicht ganz vorschriftsmäßig ... Sie muß einverstanden sein, sonst bin ich gezwungen, bis morgen zu warten und sie durch den Untersuchungsrichter vorladen zu lassen ... Könnten Sie sie nicht hierherbringen? Heute nacht, ja ... Es sind doch nicht mal zwanzig Kilometer ... Wo? Ich bin wahrscheinlich im Gemeindeamt ... Nein! Sagen Sie ihr nichts ... Danke!«

Er hängte ein und setzte seine freundlichste Miene auf.

»Sie entschuldigen doch? Eine Formalität, die ich vergessen hatte. Die Gendarmerie kann Airaud ja jeden Augenblick fassen ... Die müssen ihn doch finden, zum Teufel! Die Marsch ist schließlich nicht die Wüste. Aber zurück zu meiner Idee ... Marcel erwägt also zu heiraten ... Seine Mutter rät ihm bestimmt davon ab, ein Mädchen zu nehmen, das nicht ganz normal ist, bei aller Verliebtheit ist er selber auch ein bißchen besorgt ...«

Gewiß, es war warm hier, der Ofen bullerte. Aber kamen die Schweißtropfen auf Forlacroix' Stirn wirklich von der Wärme?

»Da erinnert er sich, daß einer seiner alten Freunde aus der Zeit, als er an Bord der ›Vengeur‹ zur See fuhr, sich in Nantes als Arzt niedergelassen hat. Er sucht ihn auf, bittet ihn um Rat ... Janin kann nichts sagen, ohne das junge Mädchen gesehen zu haben. Die beiden beschließen, daß der Doktor herkommen und sie untersuchen soll.«

Albert zertrat seine Zigarette mit dem Absatz und steckte sich eine neue an.

»Geben Sie zu, daß das psychologisch haltbar ist. Ich kenne Ihren ehemaligen Freund Airaud nicht so gut wie Sie ... Er ist doch in erster Linie ein Bauer, also von Natur aus vorsichtig ... Er möchte gern heiraten, aber gleichzeitig sicher sein, daß seine zukünftige Frau nicht völlig geistesgestört ist. Was meinen Sie dazu?«

»Keine Ahnung«, entgegnete Albert barsch.

»Trinken Sie doch aus! Immer noch keinen Hunger? Ich glaube, aber ich kann mich irren, also ich glaube, Marcel traute sich nicht, mit Ihrem Vater darüber zu reden. Um es mal ganz deutlich zu sagen: dieser gibt ihm zwar seine Tochter, aber eben so, wie sie nun mal ist. Denn wenn sie gesund und normal wäre, würde er sie ja wohl nicht gerade mit einem Muschelzüchter verheiraten.«

Maigret wurde plötzlich ganz ordinär, er lachte dröhnend wie ein Vertreter, wenn er zweideutige Witze erzählt.

»Stellen Sie sich unseren Airaud vor, wie er seinem zukünftigen Schwiegervater erklärt: ›Einverstanden. Sie sind sehr liebenswürdig. Ich nehme Ihre Tochter, aber erst nach einem Sachverständigengutachten.‹«

Albert warf ihm einen haßerfüllten Blick zu. Der Kommissar übersah ihn geflissentlich.

»Das junge Mädchen soll also ohne Wissen des Richters untersucht werden. Deshalb sollte das Ganze ja auch an einem Dienstag stattfinden. Da hält sich Forlacroix am Abend doch stundenlang mit seinen Freunden und Freundinnen in dem großen Parterreraum auf. Sie reden laut... trinken... lachen... Niemand achtet also auf das, was oben im Haus geschieht. Nur eines paßt mir nicht ganz ins Konzept, Albert. Sie erlauben doch, daß ich Sie so nenne? Ja, eine Kleinigkeit stört mich. Ich weiß ja, Janin ist ein wenig eigenwillig, genauer gesagt, ein Hitzkopf. Aber jeder Arzt hält sich doch an gewisse Grundregeln...

Merken Sie, wie das alles zusammenpaßt, sagen Sie mir ruhig, wenn irgend etwas nicht stimmt.«

Auch ihm war jetzt heiß, er wischte sich den Schweiß ab, stopfte eine Pfeife. In solchen Momenten wurde ihm bewußt, welche Kraftanstrengung beispielsweise einem Varietékünstler abverlangt wird, der sein Publikum fest in der Hand haben, es um jeden Preis minutenlang in Atem halten muß.

Und er hatte hier nur einen Mann vor sich. Aber was für ein undankbares Publikum! Er gehörte zu der Sorte, die im voraus verkünden:

»Das ist idiotisch! Darauf falle ich nicht herein!«

»Also hören Sie, mein Lieber. Janin steigt aus dem Bus. Airaud hatte sich wahrscheinlich draußen mit ihm verabredet, irgendwo in der Nähe des Hôtel du Port. Er legt Wert darauf, daß niemand etwas von diesem Besuch erfährt.

Warum Janin wohl noch das Gasthaus betreten und sein Abendessen bestellt hat?

Fest steht, er geht wieder hinaus, trifft Marcel. Es ist noch zu früh, um zu den Forlacroix zu gehen. Die Gäste des Richters sind noch nicht eingetroffen. Vor neun Uhr abends kann er das junge Mädchen nicht allein sehen...

Und jetzt sagen Sie mir, was konnten die beiden Männer während der ganzen Zeit anfangen? Es regnete... Ich kann mir nicht vorstellen, daß sie stundenlang in der Dunkelheit spazieren gegangen sind... Im übrigen hat kein Mensch aus Aiguillon sie gesehen...

Außerdem haben sie gegessen. Zumindest bei Janin läßt sich das nachweisen; es ist zwar noch ein geheimgehaltenes Untersuchungsergebnis, aber Ihnen kann ich es ja sagen. Bei der Autopsie fand man Speisereste von einer ziemlich reichhaltigen Mahlzeit in seinem Magen...

Aber wo können sie nur gegessen haben?«

Und Maigret, der umhergegangen war, blieb einen Augenblick stehen und gab Forlacroix einen kräftigen Klaps auf die Schulter.

»Und das ist noch nicht alles, mein Lieber! Da sind also die Gäste im Haus. Brénéol, seine Frau, seine Tochter, dann die Marsac... Genau der richtige Moment... Allerdings muß man erst noch zu Ihrer Schwester gelangen, die sich ja in ihrem Zimmer im ersten Stock befindet... Marcel kletterte ja sonst über die Mauer hoch...

Aber ob auch Doktor Janin, so eigenwillig er war, den Weg über die Fassade nahm...

Es ist die einzig mögliche Hypothese...

Hat Airaud ihn begleitet?

Um Mitternacht war das Drama höchstwahrscheinlich schon geschehen, dafür haben Sie selbst den Beweis geliefert...«

»Ich?«

»Na ja, Freund! Haben Sie Ihre Aussage vergessen?

Der Richter hat sie im übrigen voll bestätigt. Als er nach dem Aufbruch seiner Gäste, also gegen Mitternacht, in den ersten Stock hinaufging, hat er Sie auf der letzten Treppenstufe sitzend angetroffen.«

Er schwieg, stopfte die Pfeife, legte Kohlen nach.

»Übrigens! Warum haben Sie nach Ihrem Bruch mit dem Richter eigentlich einen Hausschlüssel behalten?«

»Um meine Schwester zu besuchen.«

»Haben Sie sie an jenem Abend besucht?«

»Nein.«

»Und Sie haben natürlich keine Geräusche gehört, weder aus dem Zimmer noch aus der Obstkammer, wo Sie doch fast mit dem Rücken an der Tür lehnten? Deshalb meine ich ja auch, daß zu dem Zeitpunkt gewiß alles schon vorbei war.«

Er leerte ein Glas Wein in langen Zügen und wischte sich den Mund ab.

»Das scheint den Richter von jedem Verdacht freizusprechen, aber weit gefehlt. Wie lange haben Sie sich vor dem Aufbruch der Gäste im Haus aufgehalten? Nicht lange, nehme ich an, da Ihnen ja bekannt war, wann sie normalerweise aufbrechen?«

»Fünf bis zehn Minuten.«

»Fünf bis zehn Minuten... Nun, und es wurde Bridge gespielt. Beim Bridge gibt es immer einen Strohmann. So konnte Forlacroix im Laufe des Abends, als er mal Strohmann war, durchaus auf einen Sprung nach oben gehen, um nach dem rechten zu sehen. Und da stößt er auf einen Mann, den er nicht kennt. Ein Hammer liegt in Reichweite... Er schlägt zu...«

»Worauf wollen Sie hinaus?« fragte Forlacroix.

»Auf nichts. Ich meine ja nur. Ich wollte schon lange mit Ihnen über all diese Dinge reden. Jetzt stellt sich natürlich eine Frage. Hat Marcel Airaud das Haus gleichzeitig mit dem Doktor betreten?«

»Das fragen Sie mich?«

»Nein, nein! Woher sollten Sie das wissen? Er kann mit ihm hereingekommen und bei der Untersuchung zugegen gewesen sein. Vielleicht hat er auch Ihrer Schwester Lise den Besuch einfach nur angekündigt, die, wenn sie nicht gerade einen Anfall hatte, ja durchaus vernünftig war... Sie sehen, alter Freund, alle Hypothesen sind zulässig.

Wenn Airaud mit hereingekommen ist, so könnte man sich vorstellen, daß er sich mit Janin gestritten hat. Wenn der ihm nämlich beispielsweise gesagt hat:

›Sie dürfen dieses Mädchen nicht heiraten!‹

Er liebt sie! Er hat ihn um Rat gebeten. Aber wer weiß, ob er in dem Augenblick, da man ihm reinen Wein einschenkt, nicht doch...

Schließlich könnte sogar Ihre Schwester...«

»Sie meinen, daß meine Schwester imstande gewesen wäre...«

»Beruhigen Sie sich! Wir reden doch nur! Wir prüfen alle Möglichkeiten. Janin horcht sie ab, stellt ihr eindeutige und sogar indiskrete Fragen, zu denen ein Arzt sich berechtigt glaubt...

Ein Anfall... Oder auch nur Angst, daß er Marcel daran hindern könnte, sie zu heiraten...«

Uff! Er hatte ganz rote Backen und glänzende Augen bekommen.

»Deshalb wäre es eben so interessant zu erfahren, ob Airaud sich im Haus befand oder draußen wartete... Es ist klar, daß seine Flucht nicht für ihn spricht. Wer sich nichts vorzuwerfen hat, versteckt sich doch nicht. Es sei denn...«

Er schien angestrengt nachzudenken und klopfte seinem Gesprächspartner wieder auf die Schulter.

»Ja, ja! Er wird uns Rede und Antwort stehen müssen, wenn man ihn festgenommen hat. Nehmen wir einmal an, er ist draußen geblieben. Er wartet. Vergebens, sein Freund kommt nicht zurück. Spät nachts klettert er die Mauer hoch, dringt in die Obstkammer ein, entdeckt die Leiche des Doktors. Er sagt sich, daß Lise ihn umgebracht hat...

Die Untersuchung beginnt. Er fürchtet, daß man sie verdächtigen wird. Er liebt sie. Um den Verdacht von seiner Verlobten abzulenken, täuscht er Flucht vor.

Damit ließ sich Zeit gewinnen, vielleicht bis zum Abschluß des Falles. Was sagen Sie dazu?«

»Ich sage gar nichts!«

»Offenbar haben Sie keine Ahnung, wo Airaud sich versteckt hält... Antworten Sie noch nicht... Sie waren mit ihm befreundet. Er sollte Ihr Schwager werden. Man würde es ohne weiteres verstehen, daß Sie ihn nicht der Justiz ausliefern wollten. Ich sage, man würde es in menschlicher Beziehung verstehen, auf polizeilicher Ebene freilich wäre es anders. Begreifen Sie? Nehmen wir an, Sie hätten Airaud seit seiner Flucht gesehen und es verschwiegen... Eine reine Mutmaßung... Vielleicht treibt er sich ja in der

Gegend herum... daraus müßte man natürlich bestimmte Schlüsse ziehen...«

»Was für Schlüsse?« fragte Albert mit schwerer Zunge, er stellte die übereinandergeschlagenen Beine nebeneinander, kreuzte sie umgekehrt, Zigarettenasche fiel auf seine Jacke.

»Man könnte sich zum Beispiel vorstellen, daß auch Sie Ihre Schwester retten wollen. Sie sind fünf bis zehn Minuten auf der Treppe geblieben, aber dafür haben wir keinen Beweis. An jenem Abend waren Sie ja sicher auch nicht im Café?«

»Nach neun Uhr nicht mehr.«

»Sie müssen einen Schlüssel zum Zimmer Ihrer Schwester gehabt haben. Sie selber sagten ja, Sie hätten den Hausschlüssel behalten, um sie besuchen zu können. Der wäre nutzlos gewesen, wenn nicht drinnen... Aber diesen zweiten Schlüssel haben Sie wohl verlegt, denn neulich abend sah ich Sie die Tür mit der Schulter einrennen. Vielleicht waren Sie zu aufgeregt, oder wollten Sie jemanden hinters Licht führen?«

Schweigen. Der junge Mann überlegte. Er starrte auf den staubigen Fußboden, als er den Kopf wieder hob, war er entschlossen.

»Ist das ein Verhör?«

»Das kommt ganz auf Sie an...«

»Muß ich antworten?«

»Nein!«

»Dann habe ich nichts zu sagen.«

Er zertrat seine Zigarette mit der Stiefelsohle.

Maigret schritt noch zwei-, dreimal den ganzen

Raum ab, sah nach, ob die Weinflasche tatsächlich leer war und griff dann zum Telefon.

»Oh, Sie sind noch auf, Mademoiselle ... Würden Sie mich bitte mit dem Café du Port verbinden? Danke! Hallo! Sind Sie's, Thérèse? Geben Sie mir Inspektor Méjat, mein Kind ... Méjat? Hör mal, du gehst jetzt zu Albert Forlacroix. Dort überquerst du den Hof und siehst da eine Art Schuppen ... In dem schläft ein Mann auf einem Strohsack ... Nein, ich glaube nicht, daß es gefährlich wird ... Trotzdem solltest du Vorsichtsmaßnahmen treffen ... Ja, leg ihm Handschellen an, das ist sicherer ... Und bring ihn her ... Das wär's ... Forlacroix? Der wird nicht protestieren, nein ... Er ist hier und ganz einverstanden.«

Lächelnd hängte Maigret ein.

»Inspektor Méjat befürchtete, Sie könnten Anzeige wegen Hausfriedensbruch erstatten. Wir sind natürlich nicht berechtigt, noch dazu mitten in der Nacht, ohne Anordnung ... Zigarette? Bestimmt nicht? Wenn ich selber mitgegangen wäre, hätte ich wohl kaum der Verlockung widerstanden, mir eine dieser leckeren Würste abzuschneiden, die da über dem Kamin hängen ...«

Und ganz freundlich erkundigte er sich:

»Ist es schon lange her, daß Sie das Schwein geschlachtet haben?«

10

Didines Speisezettel

In den nun folgenden Minuten schien Maigret sein Gegenüber vergessen zu haben. Er holte zunächst seine Uhr aus der Tasche, zog sie bedächtig, mit übertriebener Sorgfalt auf, löste sie von der Kette und legte sie auf den Tisch, als erhielte die verstreichende Zeit jetzt ganz besondere Bedeutung.

Dann wartete er. Albert Forlacroix rührte sich nicht, gab keinen Ton von sich. Ganz bestimmt saß er unbequem auf dem harten Stuhl und hätte sich gern mal bewegt, sich vielleicht an der Wange oder an der Nase gekratzt, die Beine anders herum übereinandergeschlagen. Aber weil Maigret wie versteinert war, zwang auch er sich zum Stillhalten.

Von seinem Platz aus konnte er dem Kommissar nicht ins Gesicht sehen, der vorgab, ganz in die Betrachtung des Ofens versunken zu sein. Er hätte ihn sonst bei einem Lächeln ertappt, das fast kindliche Freude ausdrückte. Ach was! Schließlich war das Handwerk: kleine Kniffe, um einen Mann aus der Fassung zu bringen.

Draußen näherten sich Schritte. Maigret ging langsam zur Tür und öffnete. Marcel Airaud stand vor ihm, in Handschellen gefesselt. Stolzgeschwellt führte ihn Inspektor Méjat, ein Gendarm folgte ihnen im Dunkeln.

Marcel schien nicht sehr beeindruckt, und daß er

blinzelte, lag nur an der plötzlichen Helligkeit. Er blieb stehen, während Forlacroix noch immer dasaß.

»Würdest du den da nach nebenan bringen?« sagte Maigret zum Inspektor und zeigte auf Albert.

Nebenan, das hieß in den Festsaal mit den weißen Wänden, den Papiergirlanden an der Decke, den ringsum aufgestellten Bänken für die Mütter. Zwischen den beiden Räumen war eine Glastür.

»Setzen Sie sich. Ich kümmere mich gleich um Sie.«

Doch Airaud blieb lieber stehen. Maigret erteilte Anweisungen, postierte den Gendarmen bei Forlacroix, schickte Méjat weg, um belegte Brötchen und ein paar Flaschen Bier zu holen.

Das alles geschah im Zeitlupentempo. Airaud und Forlacroix wunderten sich vielleicht über das Verhalten des Kommissars. Doch sie waren schon ziemlich tief in das Räderwerk geraten.

Hatte Marcel Airaud Sinn für Humor? Fast sah es so aus. Die betonte Ruhe des Kommissars schien ihn nicht zu beeindrucken. Er verfolgte dessen Tun aufmerksam und blieb weiter stehen, dabei grinste er unmerklich.

Hinter der Glastür hatte sich Forlacroix auf der Bank niedergelassen, er lehnte mit dem Rücken an der Wand und hatte die Beine ausgestreckt; der Gendarm, der seine Rolle ernst nahm, saß ihm gegenüber und ließ ihn nicht aus den Augen.

»Sind Sie schon lange bei Ihrem Freund Albert versteckt?« fragte Maigret unvermittelt, ohne ihn anzuschauen.

Schon als er seine eigene Stimme hörte, hatte er das

Gefühl, daß es zwecklos war. Er wartete einen Moment und wandte sich seinem Gefangenen zu.

»Bin ich verhaftet?« fragte dieser mit einem Blick auf die Handschellen.

»Hier ist ein vom Untersuchungsrichter unterzeichneter Haftbefehl.«

»In dem Fall werde ich nur dem Richter antworten, und zwar in Gegenwart meines Anwalts.«

Maigret maß ihn mit einem Blick von Kopf bis Fuß, ohne Überraschung.

»Komm rein!« rief er Méjat zu, der anklopfte. Er hatte beide Arme voller Päckchen.

Er stellte die ganzen Eßwaren auf dem Tisch ab, Pastete, Schinken, Brot, Bierflaschen. Méjat wollte ihm etwas ins Ohr flüstern.

»Kannst ruhig laut sprechen«, brummte er.

»Ich sage, daß Thérèse auf dem Hof ist. Sie scheint ja was geahnt zu haben, denn sie fragte mich gleich, ob man ihn verhaftet hat...«

Maigret zuckte die Achseln, machte sich ein Brot zurecht, goß sich zu trinken ein und betrachtete Airaud nochmals von oben bis unten. Es lohnte nicht, weiter in ihn zu dringen, da war er sicher.

»Bring ihn nach nebenan, Méjat. Der Gendarm soll aufpassen, daß sie nicht miteinander reden. Dann komm wieder her.«

Er ging hin und her. Er aß. Er brummelte vor sich hin. Er machte einen runden Rücken. Jedesmal, wenn er an der Tür vorbeikam, konnte er sie in dem großen weißen Saal, wo der Gendarm sie mit gerunzelter Stirn beobachtete, auf der Bank sitzen sehen.

»Hat es geklappt, Chef?« erkundigte sich Méjat, als er wiederkam.

Er verstummte. Ein Blick des Kommissars hatte genügt. Er war noch nicht daran gewöhnt und wußte nicht so recht, wie er sich verhalten sollte. Und Maigret aß unentwegt weiter, nahm zu große Bissen in den Mund, pflanzte sich kauend vor der Tür auf, um seine beiden Raubtiere hinter der Glasscheibe zu beobachten.

Plötzlich drehte er sich um.

»Hol mir Didine...«

»Da brauche ich nicht weit zu gehen. Als ich reinkam, stand sie zehn Meter von hier auf Posten.«

»Bring sie her.«

»Und Thérèse?«

»Hab ich was von Thérèse gesagt?«

Die kleine Alte drang unverzüglich in den Festsaal vor, sie blieb vor den beiden Männern stehen, musterte sie befriedigt, wobei sie die blitzenden Handschellen von Marcel Airaud besonders erfreuten.

»Kommen Sie rein, Didine. Ich brauche Sie.«

»Den haben Sie also immerhin wieder geschnappt!«

»Setzen Sie sich, Didine. Bier biete ich Ihnen gar nicht erst an. Oder?«

»Schmeckt mir nicht. Nun haben Sie ihn endlich doch verhaftet...«

»Hören Sie zu, Didine. Sie brauchen mir nicht gleich zu antworten, aber es ist sehr wichtig. Und du, Méjat, setz dich hin oder geh spazieren, aber steh hier nicht herum und starr mich nicht so blöde an! Also hören Sie, meine Liebe. Nehmen wir mal an, Sie erfahren plötzlich am Nachmittag, daß Sie zum Abendessen Besuch bekommen... Jemanden aus der Stadt... Was würden Sie da machen?«

Eine so unerwartete Frage hätte sie ja erschrecken können, aber da kannte man Didine schlecht. Ihre Gesichtszüge wurden nur noch spitzer, während sie angestrengt nachdachte. Der Rat, sich nicht zu beeilen, war überflüssig. Sie ließ sich Zeit.

»Was für 'ne Art von Besuch?« wollte sie wissen.

»Jemand, auf den es ankommt...«

»Und ich erfahre das erst am Nachmittag? Wann genau?«

»So um halb fünf oder fünf.«

Die drei Männer hinter der Glastür, Airaud, Forlacroix und der Gendarm, schauten ihnen zu, aber es erging ihnen ebenso wie Maigret am Nachmittag: sie sahen Lippenbewegungen, hörten aber nur undeutliches Gemurmel.

»Ich weiß nicht, ob Sie mich richtig verstanden haben. Sie kennen die Möglichkeiten in Aiguillon, die hiesigen Gepflogenheiten und wissen, was man so kurzfristig an Eßwaren auftreiben kann.«

»Ein Hühnchen zu schlachten, dafür wär's zu spät«, sinnierte sie. »Es wäre nicht zart... Außerdem dauert es seine Zeit, bis man es gerupft und ausgenommen hat. Von welchem Wochentag sprechen Sie, Kommissar?«

Méjat war sprachlos. Maigret hingegen verzog keine Miene.

»Von einem Dienstag.«

»Ich beginne zu verstehen. Es geht um den bewußten Dienstag, nicht wahr? Das trifft sich gut. Ich habe schon mit meinem Mann darüber gesprochen. Dieser Mensch, habe ich zu ihm gesagt, der muß doch irgendwo gegessen haben. Im Lokal hat er nun mal nicht gegessen. Und beim Richter auch nicht...«

»Beantworten Sie meine Frage, Didine. Was hätten Sie ihm an einem Dienstag vorgesetzt?«

»Kein Fleisch. Bei uns wird am Montag geschlachtet. Am Dienstag ist das Fleisch zu frisch. Es wäre zäh gewesen. Moment mal! Wie war's doch gleich mit der Tide an dem Dienstag? Gegen acht Uhr abends war Hochwasser, nicht wahr? Also war Polyte zu Hause. In dem Fall wäre ich also zu Polyte gelaufen. Er fischt immer morgens bei der Flut mit dem Trawl. Also muß er gegen Mittag zurückgekommen sein. Wenn er was Ordentliches gehabt hätte...«

»Wo wohnt Polyte?«

»Zu Hause treffen Sie den jetzt nicht an. Er sitzt im Café. Nicht im Café du Port, sondern in dem anderen gegenüber.«

»Hast du gehört, Méjat?«

Méjat entschwand, ohne sich erst bitten zu lassen. Die Alte fuhr fort:

»Wenn Polyte ein schönes Paar Seezungen oder einen schönen Petersfisch hatte... Das konnte man vorweg schon mal auftischen... Wenn man dann noch Schinken im Haus hatte... Aber... Warten Sie, Kommissar! Polyte ist ja nicht der einzige. Wenn Sie zum Beispiel gern Kiebitze mögen... Dann lohnt sich 'ne Spritztour zum alten Rouillon, der liegt jeden Morgen auf der Lauer.«

Da waren noch immer die drei Männer hinter der

Glastür. Forlacroix sah finster drein. Airaud rauchte trotz Handschellen eine Zigarette, dabei stieg ihm der Rauch in die Augen, so daß er sie zukniff.

»Zur Zubereitung von Kiebitzen braucht man allerdings...«

Méjat durchquerte nun den Festsaal in Begleitung eines mageren Fischers mit spitzer Nase und ziegelroter Gesichtsfarbe, der bestürzt vor Marcel stehenblieb.

»Was! Hast du aufgegeben?«

»Kommen Sie herein!« unterbrach ihn Maigret. »Sie sind also Polyte?«

Beunruhigt beobachtete er die Alte. Was konnte sie über ihn erzählt haben, daß man ihn holen ließ?

»Also Polyte... Können Sie sich an den letzten Dienstag erinnern?«

»Dienstag«, wiederholte er, offenbar kapierte er überhaupt nichts.

»Da war doch Markt in Saint-Michel«, half Didine nach. »Der Tag, an dem wir 108 Tidenhub hatten.«

»Ach ja. Was ich an dem Tag gemacht habe?«

»Na, du hast dir die Nase begossen, wie jeden Tag.« Didine konnte sich ihr Gebrummel nicht verkneifen.

»Wo waren Sie am Nachmittag?«

Didine ließ nicht locker:

»Im Bistro natürlich! Am liebsten würde er dort übernachten. Stimmt doch, Polyte?«

»Ich möchte von Ihnen nur wissen, ob an jenem Nachmittag nicht jemand zu Ihnen kam und einen schönen Fisch wollte.«

Forlacroix im Saal blickte finster drein. Polyte überlegte, wandte sich Didine zu, als wollte er sie um Rat bitten.

»Der Tag mit 108 Tidenhub... Kannst du dich denn nicht erinnern«? fragte er mit entwaffnender Naivität.

Dann drehte er sich plötzlich zur Glastür um und schlug sich an die Stirn. Ein triumphierendes Lächeln zog über das Gesicht der Alten.

»Da ist Albert gekommen«, erklärte er. »Ich weiß das noch, weil er's so eilig hatte. Ich war gerade mit Deveaud und Fraigne bei einem Spielchen. Warte nur eine Minute, sagte ich zuerst. Aber weil er dann gleich die Geduld verlor, habe ich zu ihm gesagt, er solle sich die Seezungen selber aus meinem Boot holen...«

»Wie viele Seezungen?«

»Ich weiß nicht mal, wie viele er genommen hat... Ich habe einfach gesagt, nimm dir, was du brauchst... Übrigens haben wir das noch nicht geregelt.«

»Das ist alles, was ich wissen wollte. Sie können jetzt gehen. Übrigens, Didine, wo wohnt die Putzfrau von Albert Forlacroix?«

»Das ist doch seine Tochter.«

»Von Polyte?«

»Ja. Aber sie wohnt nicht bei ihrem Vater. Wenn Sie sie noch sehen wollen, müssen Sie sich beeilen, sie geht früh schlafen. Zumal sie zur Abwechslung mal wieder Nachwuchs erwartet. Jedes Jahr das gleiche! Von allen möglichen Vätern...«

»Méjat, könntest du sie mal herholen? Aber faß sie nicht zu hart an, ja?«

Seine Erregung begann sich zu steigern. Polyte wartete an der Tür, bis er mit dem Inspektor gehen durfte, dem er das Haus seiner Tochter zeigen sollte.

»Man fragt sich, wieso es den Männern nicht graust. Sie werden sie ja sehen... Dabei kommt sie ja hierher wahrscheinlich noch recht ordentlich... Also wenn ich das essen sollte, was die angefaßt hat...«

Verblüfft merkte sie, daß der Kommissar regungslos mitten im Zimmer stand und nichts mehr sah und hörte. Er hatte einen Einfall. Plötzlich stürzte er ans Telefon.

»Sie waren doch noch nicht zu Bett, Mademoiselle? Hallo! Geben Sie mir das Sanatorium Albert-Ier in La Rochelle-sur-Yon... Rufnummer 41... Lassen Sie es klingeln, bis jemand abnimmt... Es muß zumindest eine Nachtschwester da sein. Ja, vielen Dank...«

Er hatte Didine ganz vergessen, die mit ihrer ruhigen Stimme fragte:

»Glauben Sie, es war Marcel? Wenn Sie wissen wollen, wie ich darüber denke, ich kenne sie ja schließlich beide...«

»Ruhe«, schrie er geradezu wütend.

Er starrte wie gebannt auf das Telefon. Nach stundenlangem, tagelangem Suchen...

»Hallo! Sind Sie es, Doktor? Sie waren bei Tisch? Entschuldigen Sie bitte... Kommissar Maigret, ja... Ich wollte Sie fragen... Sie haben sie natürlich untersucht... Wie? Schlimmer als vermutet? Aber ich wollte etwas anderes wissen... Haben Sie nicht irgend etwas Unerwartetes festgestellt... Ja... Was? Sind Sie sicher? Drei Monate? Vielen Dank, Doktor... Ja, selbstverständlich brauchen wir Ihr offizielles Gutachten... Sie beruhigt sich? Danke! Und nochmals Entschuldigung für die Störung...«

Er war auf hundert. Als er die Alte immer noch auf ihrem Stuhl sitzen sah, stieß er hervor:

»Jetzt ab mit Ihnen, meine liebe Didine. Sie waren sehr nett, aber im Augenblick brauche ich Sie nicht mehr...«

Sie stand wohl oder übel auf, zauderte aber noch.

»Wetten, daß ich errate, was er Ihnen gesagt hat...«

»Um so besser. Aber jetzt gehen Sie! Sie können nebenan warten, wenn Ihnen das Spaß macht, aber...«

»Sie ist schwanger, nicht wahr?«

Er traute seinen Ohren nicht. Es wurde fast beängstigend.

»Ich habe jetzt keine Zeit, Ihnen zu antworten. Gehen Sie! Und halten Sie vor allem den Mund.«

Er machte die Tür auf. Als er sie wieder schließen wollte, kam gerade Méjat in Begleitung eines Mädchens mit schmutzstarrenden Haaren, die ihr bis in den Nacken fielen.

»Sie wollte erst nicht mitkommen, weil sie gerade zu Bett ging...«

Da ereignete sich ein kleiner Zwischenfall. Beim Anblick seiner Putzfrau hatte Forlacroix sich aufgerichtet, als wolle er einschreiten. Es war bestimmt verkehrt, daß der Gendarm ihn am Arm faßte, denn so gewann er die Beherrschung zurück und setzte sich wieder hin.

»Gut! Kommen Sie einen Augenblick rein. Ich habe nur eine oder zwei Fragen an Sie. Um wieviel Uhr hören Sie bei Albert Forlacroix mit der Arbeit auf?«

»Mal um drei, mal um vier Uhr.«

»Das Abendessen für ihn bereiten Sie nicht zu?«

»Um sein Essen kümmere ich mich nie. Er kocht selber. Das macht ihm Spaß!«

Bei den letzten Worten schwang Ironie oder Verachtung mit.

»Das Geschirr waschen aber Sie ab, oder?«

»Für die Dreckarbeiten bin ich gut genug, ja! Und daran fehlt's in dem Haus wahrhaftig nicht! Nach außen hin ist bei den Männern immer alles tipptopp. Aber wehe, wenn man ihren Krempel saubermachen muß...«

»Hat er oft Gäste?«

»Wer?«

»Na, Forlacroix.«

»Nie! Wer sollte den schon besuchen?«

»Finden Sie morgens nie schmutziges Geschirr von mehreren Personen vor?«

»Letzte Woche ist das mal vorgekommen.«

»Mittwoch früh, stimmt's?«

»Kann schon sein... Und überall Asche... Sie hatten Zigaretten geraucht...«

»Sie wissen nicht, wer ihn besucht hat?«

Sie drehte sich zur Glastür um und erwiderte harmlos, während sie ihren Leib mechanisch mit den Händen umfaßte:

»Warum fragen Sie ihn nicht selber?«

»Danke. Sie können jetzt zu Bett gehen...«

»War er es?«

Sie war weder verwundert noch erschreckt, ja noch nicht einmal neugierig. Denn sie fügte hinzu:

»Ich frage nur, weil ich wissen will, ob ich morgen da hingehen muß...«

Man hörte draußen vor dem Tor des Gemeindeamtes Stimmen auf der Straße. Die Leute hatten von irgend etwas Wind bekommen, und es hatte sich eine kleine Gruppe gebildet, die auf die cremefarbenen Vorhänge starrte, hinter denen immer wieder Schatten auftauchten. Vor allem die massige Gestalt Maigrets, dessen Pfeife aus einer bestimmten Perspektive riesig wirkte, fast so dick wie sein Kopf.

»Ich glaube, sie sind alle beide verhaftet!« verkündete die Tochter von Polyte, als sie wieder draußen war und die Neugierigen sie mit Fragen bestürmten.

Sie war so müde, daß sie sich nicht lange aufhielt, und man hörte ihre Holzschuhe bald nur noch von weitem über das hartgefrorene Pflaster klappern. Die Tür ging auf, Méjat erschien und versuchte, die Gesichter im Dunkeln zu erkennen.

»Ist Thérèse noch da?« fragte er.

Aus einer dunklen Ecke etwas abseits löste sich eine Gestalt.

»Was wollen Sie von mir?«

»Kommen Sie rein! Der Kommissar möchte Sie sprechen.«

Als sie an Marcel vorüberging, sah sie ihm in die Augen, sagte jedoch kein Wort.

»Treten Sie ein, Thérèse. Nur keine Angst. Ich

möchte Ihnen eine kleine Frage stellen. Wußten Sie, daß Lise Forlacroix schwanger ist?«

Sie drehte sich ruckartig zur Glastür um, und es sah so aus, als wollte sie sich auf Airaud stürzen, der nicht begriffen hatte, was vor sich ging.

»Das ist nicht wahr!« besann sie sich dann. »Sie versuchen, mich reinzulegen.«

»Ich versichere Ihnen, Thérèse, daß Lise Forlacroix im dritten Monat schwanger ist.«

»Deshalb also«, murmelte sie vor sich hin.

»Deshalb was?«

»Sein Entschluß, sie zu heiraten.«

»Sie geben also zu, daß er sie heiraten wollte? Doch er hat Ihnen dafür keinen Grund genannt? Jetzt kennen sie ihn. Sie wissen, daß...«

»Und ich, habe ich etwa kein Kind? Bin ich nicht ebenso viel wert wie die Tochter des Richters? Hat er mich vielleicht geheiratet?«

Es war wohl ziemlich eindrucksvoll, sie durch die Scheibe zu beobachten, denn man sah ihr zwar an, daß sie vor Zorn kochte, konnte aber den Grund nur schwer erraten.

»Dabei habe ich noch an dem Abend...«

»Ja, was haben Sie an dem Abend zu ihm gesagt?«

»Ich habe gesagt, wenn er die heiratet, komme ich mit seinem Sohn in die Kirche und mache einen Skandal...«

»Moment... Sie haben also am Dienstag abend mit ihm gesprochen? Wo denn?«

Sie zögerte eine Sekunde, dann zuckte sie die Achseln.

»Auf der Straße.«

»Um wieviel Uhr?«

»So gegen Mitternacht.«

»Wo auf der Straße haben Sie ihn getroffen?«

Sie drehte sich nochmals gehässig zur Glastür um.

»Ich sag's Ihnen. Es ist jetzt sowieso egal. Als ich gegen zehn ins Bett gehen wollte, habe ich bei der Dame Licht gesehen...«

»In ihrem Zimmer oder in der Obstkammer?«

»In ihrem Zimmer.«

»Sind Sie sicher, daß Sie da nichts verwechseln?«

Sie lachte spöttisch.

»Und ob ich sicher bin! Ich habe die beiden ja oft genug beobachtet! Ich habe versucht zu schlafen, aber ich konnte nicht. Da bin ich wieder aufgestanden und wollte draußen auf ihn warten.«

»Wozu denn?«

»Die alte Geschichte«, bekannte sie matt.

»Sie haben ihm einen Skandal in der Kirche angedroht und weiter nichts?«

»Ich habe ihm erklärt, daß ich mich in seinem Haus umbringen würde.«

»Und hätten Sie das getan?«

»Keine Ahnung. Ich habe mich aus dem Haus geschlichen... Es regnete... so daß ich mir sogar den Mantel über den Kopf zog. Ich überlegte, wie lange er wohl noch bleiben würde. Wenn es zu lange gedauert hätte, wäre ich vielleicht hinaufgeklettert...«

»Und was ist dann passiert?«

»Ich bin herumgegangen und habe vor mich hingeredet, wie so oft. Ich habe nicht auf den Weg aufgepaßt, denn weit und breit war kein Mensch. Plötzlich bin ich mit jemandem zusammengestoßen, ja, und das war er. Ich habe mich so erschrocken, daß ich losschrie.«

»Wo war er?«

»An der Mauer hinter dem Haus des Richters.«

»Was machte er da? War er gerade herausgekommen?«

»Nein! Er machte gar nichts. Er schien auf etwas zu lauern. Ich fragte ihn, worauf er denn wartete...«

»Was hat er da geantwortet?«

»Nichts! Er hat mir die Handgelenke verdreht. Er war wütend. *Wenn ich dich noch mal erwische, wie du mir nachspionierst,* hat er geschimpft, *dann garantiere ich für nichts...«*

»Wie spät war es da?«

»So gegen Mitternacht, das habe ich Ihnen doch schon gesagt. Vielleicht auch etwas später...«

»Brannte in dem Zimmer noch Licht?«

»Keine Ahnung. Von der Stelle aus konnte man das nicht sehen, wegen der Mauer. *Mach, daß du in's Bett kommst, du freches Stück,* hat er mich angebrüllt. *Verstanden? Und wehe dir...* Noch nie war er so wütend auf mich.«

Wieder sah sie durch die Scheibe. Airaud saß immer noch seelenruhig da im Festsaal. Der Gendarm hatte ihm offenbar eine neue Zigarette gegeben, die er wegen der Handschellen quer hielt.

»Können Sie nebenan warten, Thérèse? Vielleicht brauche ich Sie noch.«

Als die Tür wieder zu war, ließ sich Méjat vernehmen:

»Hören Sie, Chef. Mir scheint ...«

»Dir scheint was?«

»Mir scheint, daß ... daß ...«

Armer Kerl! Er hatte doch nur nett sein und Maigret zu den erzielten Ergebnissen beglückwünschen wollen. Und nun erntete er einen so grimmigen Blick.

»Also, was scheint dir? Sag doch. Bringst du mir vielleicht einen Beweis? Los, hol mir Bier! Oder nein. Bring Schnaps, Calvados, Rum, egal was ... Wie spät ist es?«

Es war Mitternacht, draußen standen nur noch drei Neugierige, die die Füße gegeneinanderschlugen und die Hoffnung nicht aufgaben, doch noch etwas zu erfahren.

11

Die Hausangestellte des Arztes

Motorbrummen, Bremsenquietschen, Türenschlagen. Im nächsten Augenblick betraten zwei Inspektoren in Begleitung einer etwa dreißigjährigen Frau, die offenbar nicht wußte, wie ihr geschah, den Festsaal.

»Entschuldigen Sie, Kommissar. Wir hatten unterwegs eine Reifenpanne. Der Wagenheber funktionierte nicht. Wir...«

»Ist sie das?« fragte Maigret und musterte die junge Frau, die sich ganz verloren vorkam und immer weniger verstand, was vorging.

»Sie wollte erst nicht kommen, denn ihre Schwägerin ist krank. Wir mußten ihr versprechen, sie noch diese Nacht zurückzufahren.«

Da sah das Mädchen plötzlich die Handschellen und stieß einen erstickten Schrei aus.

»Erkennen Sie den?« fragte der Kommissar. »Sehen Sie ihn sich genau an. Sagen Sie, ob dieser Mann vielleicht kürzlich Ihren Doktor besucht hat...«

»Ich erkenne sie wieder«, entgegnete sie nun schon ganz gefaßt.

»Sie... wie bitte? Sie erkennen *sie* wieder?«

»Na ja! Ich erkenne sie beide wieder, die sind doch zusammen gekommen...«

»Sie haben beide den Arzt in seiner Praxis aufgesucht?«

»Alle beide. Nicht gleich, der Doktor war erst nicht da. Ich hatte ihnen geraten, am nächsten Tag wiederzukommen, aber sie saßen dann lieber über zwei Stunden im Wartezimmer.«

»Na so was!« brummelte Maigret. »Ich brauche Sie nicht mehr.«

»Sollen wir sie zurückbringen?« erkundigten sich die beiden Inspektoren nicht sehr begeistert.

»Ja bitte, aber warten Sie, Méjat bringt gerade was zu trinken. Ich weiß nur nicht, ob genügend Gläser da sind.«

Da erhob sich Didine, immer zum Einsatz bereit; sie faßte den Kommissar am Arm.

»Im Wandschrank«, flüsterte sie.

»Was ist im Wandschrank?«

»Gläser. Da stehen immer welche für die Gemeinderatssitzungen. Soll ich sie Ihnen auswischen?«

Sie wußte alles! Sie hatte alles gesehen und alles gehört!

Die Polizisten hoben die Gläser. Da die Hausangestellte des Arztes so fror, goß man auch ihr ein bißchen Schnaps ein, aber sie mußte davon nur schrecklich husten.

Maigret war das Blut zu Kopf gestiegen. Seine innere Anspannung war so spürbar, daß Méjat ihn etwas besorgt mit den Augen verfolgte. Plötzlich riß er die Tür auf. Die Inspektoren waren gegangen. Der Wagen fuhr gerade ab.

»Komm her, du!« schrie er Airaud unerwartet grob

an. »Nimm ihm die Handschellen ab, Méjat. Er sieht zu idiotisch damit aus. Komm rein. Mach die Tür zu, Méjat. Und dir rate ich im Guten, spiel dich nicht auf, verstanden? Mir reicht's jetzt! Jawohl, mir reicht's.«

Das kam alles so plötzlich, daß Marcel die Fassung verlor.

»Du hältst dich doch bestimmt für intelligent und bist zufrieden mit dir, wie? O ja! Sieh dich doch nur mal im Spiegel an! Und hör um Himmels willen auf, von einem Bein aufs andere zu treten wie ein Bär... Was war denn dein Vater?«

Er hatte Airaud so überrumpelt, daß der alle guten Vorsätze, nicht zu antworten, vergaß und murmelte:

»Er war Muschelzüchter.«

»Und du bist ebenfalls Muschelzüchter! Und bildest dir deshalb ein, die Tochter eines Richters wäre was ganz Besonderes, stimmt's? Und du merkst gar nicht, was für ein Idiot du bist, die Leute machen sich ja lustig über dich. Wann hat Forlacroix denn mit dir Frieden geschlossen?«

Airaud schwieg beharrlich.

»Wie du willst! Du brauchst ja nicht zu antworten. Das kann deine Lage nur verbessern.«

Maigret redete in seinem Zorn jetzt so laut, daß man ihn auch hinter der Tür nicht überhören konnte, vielleicht verstand man dort nicht jedes Wort, aber bestimmt genug, um den Sinn zu erfassen.

Und während der Kommissar so redete, ruhelos umherging und dabei auf seinem Pfeifenstiel herumkaute, schenkte er sich wie besessen dauernd zu trinken ein, so daß Méjat schon die Luft wegblieb.

»Antworte bloß nicht! Du bist ja auch im übrigen viel zu dumm und hättest ohnehin nicht viel zu sagen. Die Geschichte mit Thérèse hat dir wohl noch nicht gereicht? Du hättest sie doch um ein Haar geheiratet, stimmt's? Das weiß doch jeder. Und jeder außer dir wußte auch, daß ...«

»Ich wußte es.«

»Was?«

»Daß sie andere Männer hatte.«

»Na schön! Und du hast sie nicht geheiratet. Immerhin. Du hast kapiert, daß man dich reinlegen wollte. Thérèse ist ja auch nur Hausmädchen in einem Hotel, und ihre Mutter steht auf der Straße und verkauft Fisch. Während andere ...«

Marcels Gesichtszüge hatten sich verhärtet, und Maigret sah trotz all seiner scheinbaren Erregung, daß er die Fäuste geballt hatte. Wandte er sich da nicht einen Moment ab und versuchte, ein Lächeln zu unterdrücken? Mußte er nicht einen kräftigen Schluck trinken, um im Tonfall zu bleiben?

»Der Herr waren ja so stolz, Liebhaber einer Forlacroix, der Tochter des Richters zu sein, einer jungen Dame, die Klavier spielt ...«

»Hören Sie, Kommissar ...«

»Schnauze! Du redest doch nur in Gegenwart deines Anwalts. Das hast du mir selber mitgeteilt. Der Herr sind verliebt. Der Herr sind zu allem entschlossen. Und als ihn Papa Forlacroix, der ihm hinter der Tür aufgelauert hat, hereinruft, da stottert er nur noch herum wie ein ganz kleiner Junge ...

›Soso! Sie lieben meine Tochter? An mir soll es nicht

liegen! Sie gehört Ihnen! Nehmen Sie sie... Heiraten Sie sie...‹

Genauso war's doch, stimmt's? Und dieser Schwachkopf da, dieser Muskelprotz, der kann nicht über seine eigene Nasenspitze hinaussehen.

›Jawohl, Monsieur, ich werde sie heiraten! Jawohl, ich bin ein anständiger Mensch und habe ehrliche Absichten...‹

Er ist dermaßen gerührt, dermaßen benommen vor Glück und Stolz, daß er es nicht mehr aushält und seinen Feind aufsucht, den jungen Forlacroix, der ihm hundertmal Prügel angedroht hat...

›Sie tun mir Unrecht. Ich will Ihre Schwester heiraten. Versöhnen wir uns.‹«

Mit vorgerecktem Hals bemühte sich Forlacroix hinter der Scheibe, etwas mitzukriegen, und die alte Didine war bis ans äußerste Ende der Bank gerutscht.

»Na schön, mein Kleiner, eines kann ich dir jedenfalls mitteilen, nämlich daß sie dich beide reingelegt haben. Du kapierst immer noch nicht, was? Du hattest dir eingebildet, sie hätten deine Vorzüge erkannt und kämen dir mit offenen Armen entgegen.

Deine brave alte Mutter war die einzige, die dem Frieden nicht traute. Und du hast es ihr sicher übelgenommen, als sie dir riet, vorsichtig zu sein und dich nicht zu früh zu freuen.

›Glaube mir, Mama, Lise ist gar nicht so verrückt. Wenn sie glücklich ist und gut betreut wird...‹

Die ganze Leier! Armer Trottel, geh!«

Er maß sein vor Erregung keuchendes Gegenüber mit einem Blick von Kopf bis Fuß und zwinkerte dann

Méjat zu, der nicht recht wußte, was das bedeuten sollte.

»Ein Fünkchen gesunden Menschenverstand, das hat nur deine Mutter gehabt, davon bin ich überzeugt. Aber was konnte die Arme bei einem so vernarrten Dummkopf wie dir ausrichten?

›Laß sie wenigstens von einem Arzt untersuchen. Falls sie nun doch ganz übergeschnappt ist?‹

Da fällt dir dein früherer Kamerad Janin ein. Albert soll Zeuge deiner ehrlichen Absichten werden. Wenn Janin Lise untersucht hat und entscheidet, daß...

Was? Hat es sich nicht so abgespielt? Du brauchst nicht zu antworten! Du redest ja nur in Gegenwart deines Anwalts, wie?

Albert aber weiß, daß seine Schwester schwanger ist...«

Die Reaktion kam so plötzlich, daß Maigret nicht mehr zurückweichen konnte. Aber er hatte es ja vielleicht absichtlich heraufbeschworen: Marcel hatte ihn an den Rockaufschlägen gepackt und wollte ihn tatsächlich schütteln.

»Was sagen Sie da? Was sagen Sie da?«

»Willst du eine Bestätigung vom Klinikarzt? Kannst du auf der Stelle haben... Du brauchst ihn nur anzurufen.«

»Lise ist...?«

»Schwanger, mein Gott, ja! Das kommt vor! Deshalb findet der Richter den Gedanken an eine Ehe mit einem Schwachkopf wie dir plötzlich gar nicht mehr so schlecht...

Deshalb begleitet Albert dich auch nach Nantes. Er

sieht sich vor. Er will mit seiner Schwester nicht zum Gespött der Leute von Aiguillon werden.

Nur ein Detail war mir nicht ganz klar. Sollte sich Janin tatsächlich darauf eingelassen haben, eine Mauer hochzuklettern, um eine Patientin zu besuchen...

Aber nein! Das brauchte er doch gar nicht. Bei dir zu Hause kannst du ihn nicht empfangen, denn sonst würde deine Mutter eingeweiht, und die möchtest du doch lieber raushalten aus der Geschichte.

Also eßt ihr drei bei Albert. Ich kann dir sogar genau sagen was, nämlich Seezunge.

Und als dann die Gäste beim Richter eingetroffen sind, die Bridgepartie begonnen hat und der Weg freigeworden ist, führt Albert den Arzt dorthin. Er hat einen Schlüssel. Es ist keine Kunst, lautlos in den ersten Stock zu gelangen. Ich war gleich mißtrauisch, als er in meiner Gegenwart meinte, die Tür mit der Schulter eindrücken zu müssen. Wenn er einen Schlüssel für die Haustür hatte, so war es mehr als wahrscheinlich... Aber das betrifft dich nicht. Er führt also Doktor Janin zu seiner Schwester. Er wartet...

Du hingegen gehst treu und brav draußen auf und ab, an der Mauer entlang, über die du gewöhnlich hinübergestiegen warst...«

Maigret drehte sich zur Tür um, hinter der Albert Forlacroix mit drohender Miene stand.

»Da hast du scheußliche Augenblicke erlebt, wie Thérèse, die auch noch dazwischenkommt und dich unter Druck setzen will. Und du begreifst nicht, warum die beiden Männer nicht zurückkehren... Nun, ich werd's dir sagen. Nachdem er das junge

Mädchen untersucht hat, geht Janin zu Albert in die Obstkammer. Es ist nicht schwer zu erraten, was er zu ihm gesagt hat. Als erstes doch wohl:

›Ihre Schwester erwartet ja ein Kind!‹

Dann ... Sieh ihn dir an! Nein, nicht den Inspektor! Dreh dich zur Tür um! Schau sein Gesicht an!«

Albert Forlacroix hatte die Hand schon am Türknauf, er war leichenblaß, und seine Lippen waren merkwürdig feucht, während seine Nase ganz spitz wurde.

»Kommen Sie rein, Forlacroix, hier hören Sie besser! Ich werde Ihnen jetzt genau erzählen, was der Arzt gesagt hat. Er hat gesagt, daß Ihre Schwester unheilbar krank ist und es unredlich wäre, sie einem anständigen Mann aufzuhalsen, daß sie vielmehr in eine Nervenheilanstalt gehöre und er als Arzt die Pflicht habe, zu ...«

»Das ist nicht wahr!« brachte Albert mit tonloser Stimme hervor.

»Was ist nicht wahr?«

»Ich habe ihn nicht getötet! Meine Schwester ...«

Er stob mit dem Kopf voraus los, als wollte er gleich angreifen.

»Das ist die Geschichte, die Sie Marcel erzählt haben, als Sie ganz allein zu ihm zurückgekehrt sind. Zu Ihrem Pech muß ich Ihnen aber sagen, daß Lise, wenn sie den Arzt mit dem Hammer aus der Obstkammer getötet hätte, doch wohl niemals auf die Idee gekommen wäre, hinterher den Stiel abzuwischen. Hat sie denn je von Fingerabdrücken auch nur gehört? Nein, mein Lieber! Wer zugeschlagen hat, das waren

Sie, und zwar in einem Wutanfall, wie Sie jetzt gleich wieder einen bekommen, wenn Sie nicht aufpassen...

Der Arzt hat Ihnen seine Absicht mitgeteilt, seinem Freund Airaud die volle Wahrheit zu sagen...

Sie versuchten ihn umzustimmen, denn Sie wollten diese Heirat um jeden Preis...

Dann haben Sie einen Ihrer üblichen Wutanfälle bekommen...

Und wissen Sie... Ja, darauf könnte ich schwören... Wissen Sie, was sich Doktor Janin gedacht haben muß, als er Sie wie wild um sich schlagen sah?

Er hat gedacht, daß Ihre Schwester nicht die einzige Wahnsinnige in der Familie ist und daß...«

Mit wutverzerrtem Gesicht und funkelnden Augen stürzte sich Albert Forlacroix auf Maigret. Sein Atem ging keuchend, aber bevor er noch den Kommissar erreicht hatte, packte ihn Marcel bei den Schultern, und beide wälzten sich nun auf dem Boden.

Ohne sich um das Geschehen zu kümmern, ging Maigret zum Tisch, goß sich zu trinken ein, zündete seine Pfeife wieder an und trocknete sich die Stirn.

»Leg ihm die Handschellen an, wenn du kannst, Méjat. Das ist sicherer.«

Keine leichte Aufgabe, denn die beiden miteinander ringenden Männer waren etwa gleich stark. Forlacroix hatte einen Daumen seines Gegners zwischen die Zähne bekommen und biß wie wild zu. Marcel konnte einen Aufschrei nicht unterdrücken. Eine Handschelle klickte zu. Aber es gelang Méjat nicht, auch die andere Hand zu packen, er wurde kopflos und begann ungeschickt, blind mit den Fäusten auf Alberts Gesicht einzuschlagen.

Didine drückte sich die Nase platt an der Scheibe, ihre Augen leuchteten, über die schmalen Lippen zuckte ein zufriedenes Lächeln.

»Nun?«

»Geschafft, Chef.«

Endlich hatte sich der Stahlring auch um das zweite Handgelenk geschlossen.

Marcel Airaud erhob sich schwankend, umklammerte mit der Rechten seinen blutverschmierten linken Daumen. Auch er griff jetzt nach der Schnapsflasche auf dem Tisch. Doch nicht, weil er trinken wollte, sondern um etwas auf seine Verletzung zu träufeln. Der Knochen lag bloß.

Der Gendarm klopfte an die Tür, öffnete sie einen Spalt breit.

»Brauchen Sie mich?«

Maigret sah sie wie betäubt der Reihe nach an: Didine, die voller Genugtuung den Kopf schüttelte, Méjat, der Blut an den Händen hatte und seinen Abscheu ausdrückte, den verblüfften Gendarmen, Airaud, der seinen Daumen mit einem karierten Taschentuch umwickelte.

Albert Forlacroix richtete sich mühsam auf, oder vielmehr, er setzte sich auf den Boden und blieb dort benommen sitzen, sein Körper wurde immer noch von Krämpfen geschüttelt.

Es war so still, daß man die Taschenuhr auf dem Tisch deutlich ticken hörte. Maigret hakte sie wieder an die Kette. Sie zeigte zehn Minuten nach zwei.

»Er hatte mir eingeredet, sie sei es gewesen«, murmelte Airaud und besah sich stumpfsinnig seinen Daumen. »Und um den Verdacht abzulenken, da...«

Maigret war so erschöpft, als habe er eine ganze Weltkugel am ausgestreckten Arm getragen.

»Kümmerst du dich um sie, Méjat?«

Er trat hinaus, steckte seine Pfeife an, ging langsam bis zum Hafen. Er hörte Trippelschritte hinter sich. Das Meer stieg an. Die Lichtbündel der Leuchtfeuer trafen sich am Himmel. Der Mond war gerade aufgegangen und hob das Haus des Richters aus dem Dunkel, es war weiß, unwirklich fahlweiß.

Die Schritte waren jetzt nicht mehr zu hören. An einer Straßenecke hatten sich zwei Gestalten getroffen. Didine war wieder mit ihrem schielenden Zöllner vereint, der auf sie gewartet hatte. Sie redete halblaut auf ihn ein.

»Ob sie ihm wohl den Kopf abschlagen?« fragte sie und zog fröstelnd ihr Umschlagtuch um die Schultern.

Später knarrte eine Tür: Sie waren wieder daheim. Bald würden sie in das hohe Bett mit dem Plumeau steigen und bestimmt noch lange im Dunkeln tuscheln.

Nun ganz allein, hörte sich Maigret nachdenklich murmeln:

»Das wär's wohl!«

Aus und vorbei. Nach Aiguillon würde er vielleicht nie wieder kommen, es nur in Erinnerung behalten wie eine jener peinlich genau nachgebildeten Miniaturlandschaften, die man im Hintergrund von Glaskugeln betrachten kann: eine kleine Welt mit Leuten von überall her... Da war der Richter an seinem Kamin...

Lise im Bett mit ihren vollen Lippen, den goldgesprenkelten Augen, dem prallen Busen ... Constantinesco in der Wohnung in Versailles und seine Tochter, die das Konservatorium besucht hatte ... Der alte Horace van Usschen mit seinen zu hellen Hosen, der Mütze aus weißem Wollstoff ... Thérèse, die alles daransetzte, einen Ehemann zu bekommen ... Die Witwe Airaud, die schon geglaubt hatte, für immer allein in ihrem Haus leben zu müssen, und die nun doch ihren Koloß von einem Sohn zurückbekam ...

Ein regelmäßiges Geräusch, das aus dem Dunkel kam, ließ ihn zusammenzucken. Dann fiel ihm ein, daß der alte Bariteau jetzt mit seinen Aalreusen hinausfuhr.

Übrigens! Wie hoch war die Tide?

Nieul, 31. Januar 1940

Stanley G. Eskin
Simenon
Eine Biographie
Aus dem Amerikanischen
von Michael Mosblech

Stanley G. Eskins Biographie stützt sich auf Gespräche mit Simenon, mit Verwandten, Freunden, Verlegern des Autors sowie auf das riesige, erst bruchstückhaft erschlossene Material des Simenon-Archivs in Lüttich.

»Eskin erzählt so anschaulich, als habe er von dem Gegenstand seiner Studien die einfache, farbige, spannende Erzählweise gelernt.«
Frankfurter Allgemeine Zeitung

»Mit dem Index, den zahlreichen Anmerkungen, der vollständigen Bibliographie der Werke und der Verfilmungen wird dieser Band sicher die große umfassende Biographie des Schriftstellers werden. Eskin hält auch mit persönlichen Urteilen nicht zurück; sein Buch verdient daher Aufmerksamkeit und Hochachtung.«
Die Welt, Bonn

»Ich konnte nie glauben, daß Simenon wirklich existiert. Seine ungeheure Produktion, mein immer neues Staunen über die Vollkommenheit seiner Erzählungen, die psychologische Genauigkeit seiner unendlich vielen Figuren, die Eindrücklichkeit der Landschaftsbeschreibungen vermittelten mir stets das Bild eines hinreißenden Schriftstellers, das aber so ungreifbar und unbestimmt blieb wie etwa das Bild des Frühlings, des Meeres, das Bild von Weihnachten – Bilder, die man mit Vergnügen und unbewußtem Wohlbehagen in sich aufnimmt und erlebt, ohne daß sie imstande wären, die Begriffe in ihrer Dinghaftigkeit und Identität vollständig zu verkörpern.« *Federico Fellini*

»Mit Sicherheit das umfassendste Werk, das je über mich geschrieben wurde.« *Georges Simenon*

Georges Simenon im Diogenes Verlag

● Romane

Drei große Romane
Der Mörder / Der große Bob / Drei Zimmer in Manhattan. Deutsch von Linde Birk und Lothar Baier. detebe 21596

Brief an meinen Richter
Roman. Deutsch von Hansjürgen Wille und Barbara Klau. detebe 20371

Der Schnee war schmutzig
Roman. Deutsch von Willi A. Koch
detebe 20372

Die grünen Fensterläden
Roman. Deutsch von Alfred Günther
detebe 20373

Im Falle eines Unfalls
Roman. Deutsch von Hansjürgen Wille und Barbara Klau. detebe 20374

Sonntag
Roman. Deutsch von Hansjürgen Wille und Barbara Klau. detebe 20375

Bellas Tod
Roman. Deutsch von Elisabeth Serelmann-Küchler. detebe 20376

Der Mann mit dem kleinen Hund
Roman. Deutsch von Stefanie Weiss
detebe 20377

Drei Zimmer in Manhattan
Roman. Deutsch von Linde Birk
detebe 20378

Die Großmutter
Roman. Deutsch von Linde Birk
detebe 20379

Der kleine Mann von Archangelsk
Roman. Deutsch von Alfred Kuoni
detebe 20584

Der große Bob
Roman. Deutsch von Linde Birk
detebe 20585

Die Wahrheit über Bébé Donge
Roman. Deutsch von Renate Nickel
detebe 20586

Tropenkoller
Roman. Deutsch von Annerose Melter
detebe 20673

Ankunft Allerheiligen
Roman. Deutsch von Eugen Helmlé
detebe 20674

Der Präsident
Roman. Deutsch von Renate Nickel
detebe 20675

Der kleine Heilige
Roman. Deutsch von Trude Fein
detebe 20676

Der Outlaw
Roman. Deutsch von Liselotte Julius
detebe 20677

Die Glocken von Bicêtre
Roman. Neu übersetzt von Angela von Hagen. detebe 20678

Der Verdächtige
Roman. Deutsch von Eugen Helmlé
detebe 20679

Die Verlobung des Monsieur Hire
Roman. Deutsch von Linde Birk
detebe 20681

Der Mörder
Roman. Deutsch von Lothar Baier
detebe 20682

Die Zeugen
Roman. Deutsch von Anneliese Botond
detebe 20683

Die Komplizen
Roman. Deutsch von Stefanie Weiss
detebe 20684

Die Unbekannten im eigenen Haus
Roman. Deutsch von Gerda Scheffel
detebe 20685

Der Ausbrecher
Roman. Deutsch von Erika Tophoven-Schöningh. detebe 20686

Wellenschlag
Roman. Deutsch von Eugen Helmlé
detebe 20687

Der Mann aus London
Roman. Deutsch von Stefanie Weiss
detebe 20813

Die Überlebenden der Télémaque
Roman. Deutsch von Hainer Kober
detebe 20814

Der Mann, der den Zügen nachsah
Roman. Deutsch von Walter Schürenberg
detebe 20815

Zum Weißen Roß
Roman. Deutsch von Trude Fein
detebe 20986

Der Tod des Auguste Mature
Roman. Deutsch von Anneliese Botond
detebe 20987

Die Fantome des Hutmachers
Roman. Deutsch von Eugen Helmlé
detebe 21001

Die Witwe Couderc
Roman. Deutsch von Hanns Grössel
detebe 21002

Schlußlichter
Roman. Deutsch von Stefanie Weiss
detebe 21010

Die schwarze Kugel
Roman. Deutsch von Renate Nickel
detebe 21011

Die Brüder Rico
Roman. Deutsch von Angela von Hagen
detebe 21020

Antoine und Julie
Roman. Deutsch von Eugen Helmlé
detebe 21047

Betty
Roman. Deutsch von Raymond Regh
detebe 21057

Die Tür
Roman. Deutsch von Linde Birk
detebe 21114

Der Neger
Roman. Deutsch von Linde Birk
detebe 21118

Das blaue Zimmer
Roman. Deutsch von Angela von Hagen
detebe 21121

Es gibt noch Haselnußsträucher
Roman. Deutsch von Angela von Hagen
detebe 21192

Der Bürgermeister von Furnes
Roman. Deutsch von Hanns Grössel
detebe 21209

Der Untermieter
Roman. Deutsch von Ralph Eue
detebe 21255

Das Testament Donadieu
Roman. Deutsch von Eugen Helmlé
detebe 21256

Die Leute gegenüber
Roman. Deutsch von Hans-Joachim Hartstein. detebe 21273

Weder ein noch aus
Roman. Deutsch von Elfriede Riegler
detebe 21304

Auf großer Fahrt
Roman. Deutsch von Angela von Hagen
detebe 21327

Der Bericht des Polizisten
Roman. Deutsch von Markus Jakob
detebe 21328

Die Zeit mit Anaïs
Roman. Deutsch von Ursula Vogel
detebe 21329

Der Passagier der Polarlys
Roman. Deutsch von Stefanie Weiss
detebe 21377

Die Katze
Roman. Deutsch von Angela von Hagen
detebe 21378

Die Schwarze von Panama
Roman. Deutsch von Ursula Vogel
detebe 21424

Das Gasthaus im Elsaß
Roman. Deutsch von Angela von Hagen
detebe 21425

Das Haus am Kanal
Roman. Deutsch von Ursula Vogel
detebe 21426

Der Zug
Roman. Deutsch von Trude Fein. detebe 21480

Striptease
Roman. Deutsch von Angela von Hagen
detebe 21481

45° im Schatten
Roman. Deutsch von Angela von Hagen
detebe 21482

Die Eisentreppe
Roman. Deutsch von Angela von Hagen
detebe 21557

Das Fenster der Rouets
Roman. Deutsch von Stefanie Weiss
detebe 21558

Die bösen Schwestern von Concarneau
Roman. Deutsch von Ingrid Altrichter
detebe 21559

Der Sohn Cardinaud
Roman. Deutsch von Linde Birk
detebe 21598

Der Zug aus Venedig
Roman. Deutsch von Liselotte Julius
detebe 21617

Weißer Mann mit Brille
Roman. Deutsch von Ursula Vogel
detebe 21635

Der Bananentourist
Roman. Deutsch von Barbara Heller
detebe 21679

Monsieur La Souris
Roman. Deutsch von Renate Heimbucher-Bengs. detebe 21681

Der Teddybär
Roman. Deutsch von Ingrid Altrichter
detebe 21682

Die Marie vom Hafen
Roman. Deutsch von Ursula Vogel
detebe 21683

Der reiche Mann
Roman. Deutsch von Stefanie Weiss
detebe 21753

»... die da dürstet«
Roman. Deutsch von Irène Kuhn
detebe 21773

Vor Gericht
Roman. Deutsch von Linde Birk. detebe 21786

Der Umzug
Roman. Deutsch von Barbara Heller
detebe 21797

Der fremde Vetter
Roman. Deutsch von Stefanie Weiss
detebe 21798

Das Begräbnis des Monsieur Bouvet
Roman. Deutsch von H.J. Solbrig
detebe 21799

Die schielende Marie
Roman. Deutsch von Eugen Helmlé
detebe 21800

Die Pitards
Roman. Deutsch von Ingrid Altrichter
detebe 21857

Das Gefängnis
Roman. Deutsch von Michael Mosblech

Malétras zieht Bilanz
Roman. Deutsch von Irmgard Perfahl
detebe 21893

Das Haus am Quai Notre-Dame
Roman. Deutsch von Eugen Helmlé
detebe 21894

Der Neue
Roman. Deutsch von Ingrid Altrichter
detebe 21895

Die Erbschleicher
Roman. Deutsch von Renate Heimbucher-Bengs. detebe 21938

Die Selbstmörder
Roman. Deutsch von Linde Birk. detebe 21939

Tante Jeanne
Roman. Deutsch von Inge Giese. detebe 21940

Der Rückfall
Roman. Deutsch von Ursula Vogel
detebe 21941

Am Maultierpaß
Roman. Deutsch von Michael Mosblech
detebe 21942

Der Glaskäfig
Roman. Deutsch von Stefanie Weiss
detebe 22403

Das Schicksal der Malous
Roman. Deutsch von Günter Seib
detebe 22404

Der Uhrmacher von Everton
Roman. Deutsch von Ursula Vogel
detebe 22405

Das zweite Leben
Roman. Deutsch von Ingrid Altrichter
detebe 22406

Der Erpresser
Roman. Deutsch von Linde Birk
detebe 22407

Die Flucht des Monsieur Monde
Roman. Deutsch von Barbara Heller
detebe 22408

Der ältere Bruder
Roman. Deutsch von Ingrid Altrichter
detebe 22454

Doktor Bergelon
Roman. Deutsch von Günter Seib
detebe 22455

Die letzten Tage eines armen Mannes
Roman. Deutsch von Michael Mosblech
detebe 22456

Sackgasse
Roman. Deutsch von Stefanie Weiss und Richard K. Flesch. detebe 22457

Die Flucht der Flamen
Roman. Deutsch von Barbara Heller
detebe 22458

Die verschwundene Tochter
Roman. Deutsch von Renate Heimbucher
detebe 22459

● Maigret-Romane und -Erzählungen

Weihnachten mit Maigret
Zwei Romane und eine Erzählung. Leinen

Der Goldene Gelbe 88
Einmalige Sonderausgabe. Enthält folgende Romane: Maigret amüsiert sich / Mein Freund Maigret / Maigret und die junge Tote. Deutsch von Renate Nickel, Annerose Melter und Raymond Regh. detebe 21597

Maigrets erste Untersuchung
Roman. Deutsch von Roswitha Plancherel
detebe 20501

Maigret und Pietr der Lette
Roman. Deutsch von Wolfram Schäfer
detebe 20502

Maigret und die alte Dame
Roman. Deutsch von Renate Nickel
detebe 20503

Maigret und der Mann auf der Bank
Roman. Deutsch von Annerose Melter
detebe 20504

Maigret und der Minister
Roman. Deutsch von Annerose Melter
detebe 20505

Mein Freund Maigret
Roman. Deutsch von Annerose Melter
detebe 20506

Maigrets Memoiren
Roman. Deutsch von Roswitha Plancherel
detebe 20507

Maigret und die junge Tote
Roman. Deutsch von Raymond Regh
detebe 20508

Maigret amüsiert sich
Roman. Deutsch von Renate Nickel
detebe 20509

Hier irrt Maigret
Roman. Deutsch von Elfriede Riegler
detebe 20690

Maigret und der gelbe Hund
Roman. Deutsch von Raymond Regh
detebe 20691

Maigret vor dem Schwurgericht
Roman. Deutsch von Wolfram Schäfer
detebe 20692

Maigret als möblierter Herr
Roman. Deutsch von Wolfram Schäfer
detebe 20693

Madame Maigrets Freundin
Roman. Deutsch von Roswitha Plancherel
detebe 20713

Maigret kämpft um den Kopf eines Mannes
Roman. Deutsch von Roswitha Plancherel
detebe 20714

Maigret und die kopflose Leiche
Roman. Deutsch von Wolfram Schäfer
detebe 20715

Maigret und die widerspenstigen Zeugen
Roman. Deutsch von Wolfram Schäfer
detebe 20716

Maigret am Treffen der Neufundlandfahrer
Roman. Deutsch von Annerose Melter
detebe 20717

Maigret bei den Flamen
Roman. Deutsch von Claus Sprick
detebe 20718

Maigret und das Schattenspiel
Roman. Deutsch von Claus Sprick
detebe 20734

Maigret zögert
Roman. Deutsch von Annerose Melter
detebe 20757

Maigret und die Bohnenstange
Roman. Deutsch von Guy Montag
detebe 20808

Maigret und das Verbrechen in Holland
Roman. Deutsch von Renate Nickel
detebe 20809

Maigret und sein Toter
Roman. Deutsch von Elfriede Riegler
detebe 20810

Maigret beim Coroner
Roman. Deutsch von Wolfram Schäfer
detebe 20811

Maigret, Lognon und die Gangster
Roman. Deutsch von Wolfram Schäfer
detebe 20812

Maigret und der Gehängte von Saint-Pholien
Roman. Deutsch von Sibylle Powell
detebe 20816

Maigret und der verstorbene Monsieur Gallet
Roman. Deutsch von Roswitha Plancherel
detebe 20817

Maigret regt sich auf
Roman. Deutsch von Wolfram Schäfer
detebe 20820

Maigret und der Treidler der ›Providence‹
Roman. Deutsch von Claus Sprick
detebe 21029

Maigrets Nacht an der Kreuzung
Roman. Deutsch von Annerose Melter
detebe 21050

Maigret hat Angst
Roman. Deutsch von Elfriede Riegler
detebe 21062

Maigret gerät in Wut
Roman. Deutsch von Wolfram Schäfer
detebe 21113

Maigret verteidigt sich
Roman. Deutsch von Wolfram Schäfer
detebe 21117

Maigret erlebt eine Niederlage
Roman. Deutsch von Elfriede Riegler
detebe 21120

Maigret und der geheimnisvolle Kapitän
Roman. Deutsch von Annerose Melter
detebe 21180

Maigret und die alten Leute
Roman. Deutsch von Annerose Melter
detebe 21200

Maigret und das Dienstmädchen
Roman. Deutsch von Hainer Kober
detebe 21220

Maigret im Haus des Richters
Roman. Deutsch von Liselotte Julius
detebe 21238

Maigret und der Fall Nahour
Roman. Deutsch von Sibylle Powell
detebe 21250

Maigret und der Samstagsklient
Roman. Deutsch von Angelika Hildebrandt-Essig. detebe 21295

Maigret in New York
Roman. Deutsch von Bernhard Jolles
detebe 21308

Maigret und die Affäre Saint-Fiacre
Roman. Deutsch von Werner De Haas
detebe 21373

Maigret stellt eine Falle
Roman. Deutsch von Angela von Hagen
detebe 21374

Sechs neue Fälle für Maigret
Erzählungen. Deutsch von Elfriede Riegler
detebe 21375

Maigret in der Liberty Bar
Roman. Deutsch von Angela von Hagen
detebe 21376

Maigret und der Spion
Roman. Deutsch von Hainer Kober
detebe 21427

Maigret stellt eine Falle
Roman. Deutsch von Angela von Hagen
detebe 21374

Sechs neue Fälle für Maigret
Erzählungen. Deutsch von Elfriede Riegler
detebe 21375

Maigret in der Liberty Bar
Roman. Deutsch von Angela von Hagen
detebe 21376

Maigret und der Spion
Roman. Deutsch von Hainer Kober
detebe 21427

Maigret und die kleine Landkneipe
Roman. Deutsch von Bernhard Jolles und Heide Bideau. detebe 21428

Maigret und der Verrückte von Bergerac
Roman. Deutsch von Hainer Kober
detebe 21429

Maigret, die Tänzerin und die Gräfin
Roman. Deutsch von Hainer Kober
detebe 21484

Maigret macht Ferien
Roman. Deutsch von Markus Jakob
detebe 21485

Maigret und der hartnäckigste Gast der Welt
Sechs Fälle für Maigret. Deutsch von Linde Birk und Ingrid Altrichter. detebe 21486

Maigret verliert eine Verehrerin
Roman. Deutsch von Ingrid Altrichter
detebe 21521

Maigret in Nöten
Roman. Deutsch von Markus Jakob
detebe 21522

Maigret und sein Rivale
Roman. Deutsch von Ingrid Altrichter
detebe 21523

Maigret und die schrecklichen Kinder
Roman. Deutsch von Paul Celan
detebe 21574

Maigret und sein Jugendfreund
Roman. Deutsch von Markus Jakob
detebe 21575

Maigret und sein Revolver
Roman. Deutsch von Ingrid Altrichter
detebe 21576

Maigret auf Reisen
Roman. Deutsch von Ingrid Altrichter
detebe 21593

Maigret und die braven Leute
Roman. Deutsch von Ingrid Altrichter
detebe 21615

Maigret und der faule Dieb
Roman. Deutsch von Stefanie Weiss
detebe 21629

Maigret und die verrückte Witwe
Roman. Deutsch von Michael Mosblech
detebe 21680

Maigret und sein Neffe
Roman. Deutsch von Ingrid Altrichter
detebe 21684

Maigret und Stan der Killer
Vier Fälle für Maigret. Deutsch von Inge Giese und Eva Schönfeld. detebe 21741

Maigret und das Gespenst
Roman. Deutsch von Barbara Heller
detebe 21760

Maigret in Kur
Roman. Deutsch von Irène Kuhn
detebe 21770

Madame Maigrets Liebhaber
Vier Fälle für Maigret. Deutsch von Ingrid Altrichter, Inge Giese und Josef Winiger
detebe 21791

Maigret und der Clochard
Roman. Deutsch von Josef Winiger
detebe 21801

Maigret und Monsieur Charles
Roman. Deutsch von Renate Heimbucher-Bengs. detebe 21802

Maigret und der Spitzel
Roman. Deutsch von Inge Giese. detebe 21803

Maigret und der einsamste Mann der Welt
Roman. Deutsch von Ursula Vogel
detebe 21804

Maigret und der Messerstecher
Roman. Deutsch von Josef Winiger
detebe 21805

Maigret hat Skrupel
Roman. Deutsch von Ingrid Altrichter
detebe 21806

Maigret in Künstlerkreisen
Roman. Deutsch von Ursula Vogel
detebe 21871

Maigret und der Weinhändler
Roman. Deutsch von Hainer Kober
detebe 21872

● Erzählungen

Der kleine Doktor
Erzählungen. Deutsch von Hansjürgen Wille und Barbara Klau. detebe 21025

Emil und sein Schiff
Erzählungen. Deutsch von Angela von Hagen. detebe 21318

Die schwanzlosen Schweinchen
Erzählungen. Deutsch von Linde Birk
detebe 21284

Exotische Novellen
Deutsch von Annerose Melter. detebe 21285

Meistererzählungen
Deutsch von Wolfram Schäfer u.a.
detebe 21620

Die beiden Alten in Cherbourg
Erzählungen. Deutsch von Inge Giese und Reinhard Tiffert. detebe 21943

● Reportagen

Die Pfeife Kleopatras
Reportagen aus aller Welt. Deutsch von Guy Montag. detebe 21223

Zahltag in einer Bank
Reportagen aus Frankreich. Deutsch von Guy Montag. detebe 21224

● Biographisches

Intime Memoiren und Das Buch von Marie-Jo
Aus dem Französischen von Hans-Joachim Hartstein, Claus Sprick, Guy Montag und Linde Birk. detebe 21216

Stammbaum
Pedigree. Autobiographischer Roman
Deutsch von Hans-Joachim Hartstein
detebe 21217

Simenon auf der Couch
Fünf Ärzte verhören den Autor sieben Stunden lang. Deutsch von Irène Kuhn
Mit einer Bibliographie und Filmographie und 43 Abbildungen. detebe 21658

Außerdem liegen vor:

Stanley G. Eskin
Simenon
Eine Biographie. Mit zahlreichen bisher unveröffentlichten Fotos, Lebenschronik, Bibliographie, ausführlicher Filmographie, Anmerkungen, Namen- und Werkregister. Aus dem Amerikanischen von Michael Mosblech
Leinen

Über Simenon
Zeugnisse und Essays von Patricia Highsmith bis Alfred Andersch. Mit einem Interview, mit Chronik und Bibliographie. Herausgegeben von Claudia Schmölders und Christian Strich. detebe 20499

Das Simenon Lesebuch
Erzählungen, Reportagen, Erinnerungen
Herausgegeben von Daniel Keel
detebe 20500